逆天的騷動

黃秋芳◎著
詹廸薾◎圖

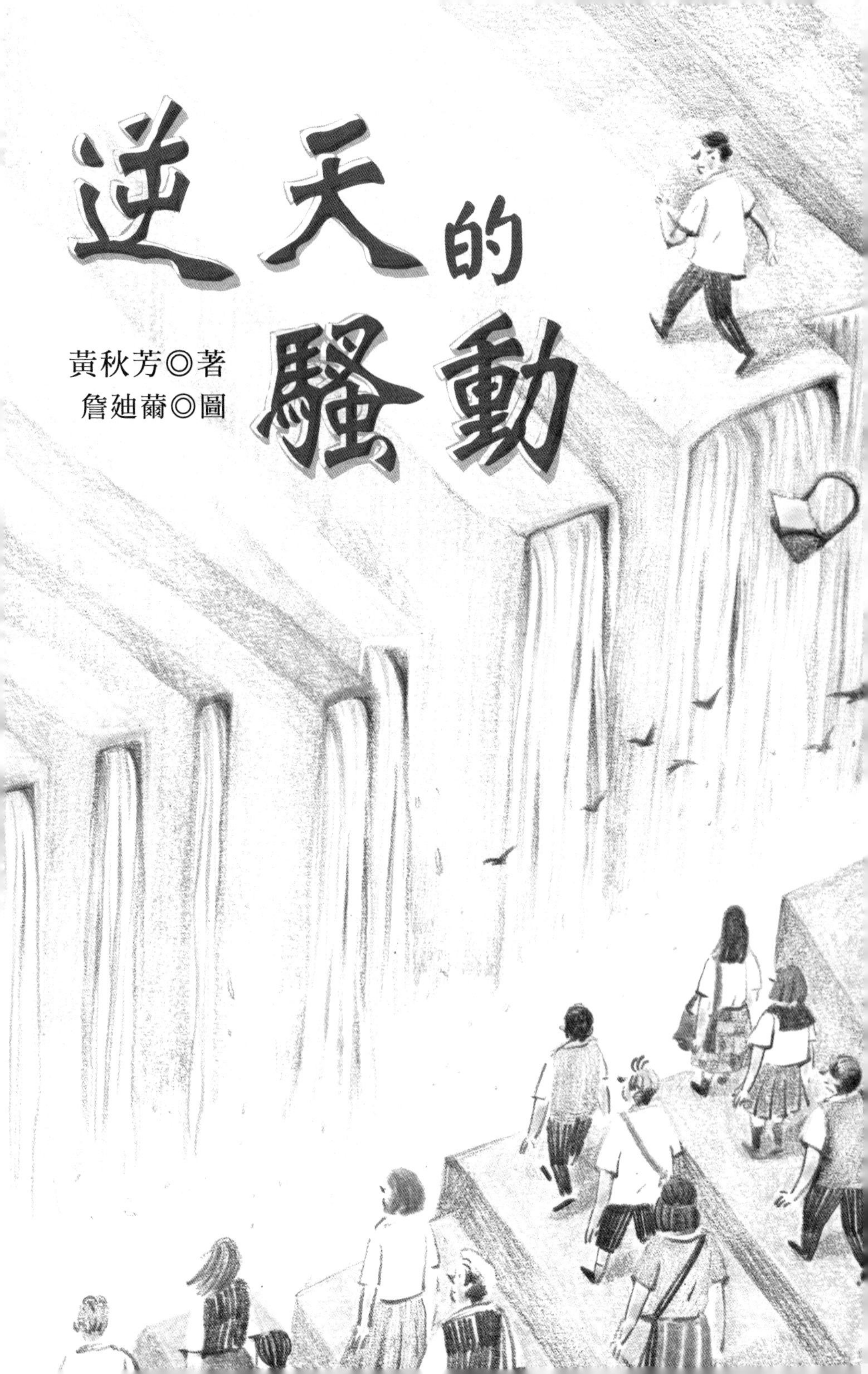

推薦序

跟著秋芳來創作

◎陳萬益（清華大學臺文所兼任教授）

黃秋芳是我臺大中文系的學妹，時隔一、二十年，既未同窗，也不曾共學；大概是一九九〇年代以後，我從事臺灣文學的教學和研究，有機會向文壇前輩請益學習，鍾肇政先生有幾次談到一位「比客家妹更客家妹」的福佬女子，總是洋溢欣喜之情，讚許她對文學的熱情與付出。也不記得經過多久，在怎樣的場合，終於認識了這個學妹，鍾老說得不錯：秋芳真是美麗熱情，親切隨和的女子。也難怪她經營的創作坊，二十多年來，像綠蔭漾然的文學森林，給兒童和青少年帶來嬉戲和歡樂的文字空間。

為了孩子們，秋芳還遠赴臺東進修兒童文學；原本秋芳就極具才華，寫小說、採訪報導、為鍾老作傳、探討漫畫、創作童詩童話……樣樣精彩，屢屢得獎。到臺東進修，顯然初心不在文憑，而在她的創作坊志業。秋芳長期與兒童和少年相處，面對他們生存的語文教育極為貧瘠的現實，應該會有許多感慨：孩童的好奇與想像，本來就是所有創作的源頭，學校教育不能導引這些生機的發展，就會成為考試機器人，不再活潑自由、奇思幻想。

學術精進之後，秋芳又以臺灣人耳熟能詳的哪吒故事為意象主軸，完成《逆天的騷動》小說，既錘鍊自身創作的筆墨，又與臺灣的孩子交陪。哪吒三太子作為神明被祭祀崇拜，他的傳奇與特殊性則活躍在本地的文學、電影，甚至表演藝術的舞臺。秋芳承繼了這個傳統，肯定他豐沛的生命力和追求自由的勇氣，她要跟孩子們說的是：在制式教育的考試、排行壓力下，不要放棄靈魂的冒險，在詩書畫與音樂中，可以安頓、可以馳騁。當然，現實不全然美好，生命必經歷鍊，所以，成長的故事，也大概就是：「純真的幸福」、「逆天的騷動」、「甜蜜的苦澀」和「流離的金陽」四個篇目的不同人生時段的敘說吧！

秋芳要我寫個序，而作為老學長，我沒有能力為創作成績斐然的學妹加冠冕，但是，我想告訴打開這本書的小讀者，六十多年前仍然童稚的我，極難得地獲得圖文並茂的童書《木偶奇遇記》，愛不釋手，而今垂然老矣，尚喜手不釋卷，因為書中有泉源活水，有我們生而為人的生機，有文學的自由。歡迎你來做書蟲，跟著黃秋芳來創作。

推薦序

躍浪似鯨的時光

◎吳毓庭（「活樂時光studio」負責人）

「現在的歐洲劇場已經不談跨界，因為對許多導演來說，界線已不存在。」這則趨勢觀察深深打動了近年一邊策劃演出、一邊投入書寫的我，因為置身表演藝術環境，我所觀察到最精彩的藝術作品總是如此，而今更被強調：創作者從多重視野出發，進而疊合出一個精準深刻的觀察或繽紛斑斕的想像。

讀到秋芳老師這本短篇小說集中的角色，突然發現他們每個人幾乎即是下個時代的「藝術家」。首先，他們之中的許多人，試著跨出「學校」界線，頻頻從走向校園的路途，拐了彎穿過紅樹林，游入沒有路線區隔的海域；被爸爸報名加入攀登玉山的「兩把刀」如此，晚了一年念大學，和死黨飛鴕待在地下室琢磨聲音意義的阿志亦然。

再來，許多角色也努力重新排列「學習」的界線；數字小子閱讀《封神榜》，而設計出小說數字接龍的益智遊戲，電玩小子因為攻擊與防禦，竟闖入梁祝背後深層的人情。最後，他們每個人更直面生活現實，認真的補綴「刻板印象」的缺陋：〈The Old in New〉中孩子與母親共同打造「時尚祕笈」，提醒歐巴桑歷經滄桑也要過出新生活；徘徊在愛戀邊緣的陳心新妹妹，以些微抗拒，辨認出愛情不是只有一種樣子。

事實上，秋芳老師自己就是這樣活著。她的教室沒有邊界，在「創作坊」之外，漫步的水道、相熟的社區，都是她文字教學現場。她的學習也沒有邊界；她聞樂，讀罷一整本剖析貝多芬鋼琴奏鳴曲的理論書籍，她習畫，上網看一則則素描教學短片，為探索石階、林木，乃至親人在文字外的紋理。

她和小說中的主角們像是在大海中躍浪的鯨，探勘著遠比行走在陸地街巷更遼闊的空間，以致，他們能夠沉潛深入的，多是他人很難目睹的美麗。考上第一志願的陳心新，懷著對物理的熱愛，如潛入深海平原受洋流推動，盡情地參與各種課外活動；阿傑和電玩小子策劃的「大考倒數三十天計畫」則有游過大陸坡的態勢，在極限落差中摩擦出生命烈焰；秋芳老師對一個字、一篇文所延伸的體會，則能展開如大陸棚，一路鋪滿珍奇秀逸的物種。

這本小說除了把角色前述的熱血呈現得迷人，也將角色暗藏的柔軟呈現得強大。因為深入汪洋，他們得以認識佇足於同一路口人群以外的夥伴，像是逃離採訪現場的資優生與成績吊車尾的豆豆，或成熟穩重的誠誠與什麼都沒在怕的小夜，他們本非同路，卻在浪花交會瞬息，成就了彼此最精彩的樣子。

或許，他們有人會一輩子都選擇在汪洋中梭游，或許有人長大後會回到岸上，走進街巷老路，更或許，有人從此養成來回往返的習慣，但無論如何，因為那段躍浪似鯨的時光，他們的身心都鍛鍊出了與眾不同的力氣。於是，這些角色能與任何一位讀者擊掌，不只是因為他們幫讀者鬆脫了許多日漸被綑縛的渴望，更是為讀者指出了通往海域的路途，陪伴我們前進。最後，末篇「寫進生活裡的詩」不會是被喧囂淹沒，而是將融入躍水噴濺起的斑斕水花，與我們自己一起化作一聲「生的驚嘆」。

自序

逆天還魂

每一篇小說，都是一場又一場找不到出路的生活掙扎，在願望的陷落和重整中，起起落落，走走停停，仿如哪吒，在母親肚子裡磨磨蹭蹭，足足坐滿三年六個月，享受著無從複製的安穩，最後，才不甘不願地躲在一團肉球中，過渡到現實世界。這本書，就從「純真的幸福」，開啟了閱讀的旅程。從青春到衰老，異地的訓練，陌生人的溫度，青春的傷痛，揭露傷口後朋友相互扶持的陽光，以及孩子長大後重新擁抱的青春詮釋，理解無條件的被愛、被信任，每個人都想著掙得再多一點點、再多一點點的溫柔庇護。

可惜，溫柔庇護從來就不是現實人間的主調，我們一生的學習，是一次又一次「理性」和「秩序」的模擬考。哪吒一出生，被父親當作妖怪，用劍劈開，蜷縮在裡面的嬰兒睜開眼睛，伸展長身，竟達六丈，頭戴金環，三頭九眼八臂，口吐青雲，足踏風火輪，身佩飛帶混天綾，手腕套著金鐲乾坤圈，肚皮圍著紅肚兜，帶著神力，開啟了一長串挑戰父權、折磨母心的生命奮鬥，沒人知道，他的進退失據，不是膽怯，只是還沒做好準備面對人間考驗；所有的混亂爭競，也不是頑皮，只是生命力豐沛，渴望在社會規則邊界瘋狂探險。當我們感受到哪吒嚮往的勇氣和自由，就可以看見「逆天的騷動」裡，所有驚心動魄的冒險，以及一個又一個逃出體制外的浮沉星子，掙脫讀書、考試、排行的各種局限，透過詩、繪畫、音樂，紀錄自己的憤怒、不安，以及各種與眾不同的摸索。

七歲時，哪吒腳踏水晶宮頂，在東海沐浴，河浪大作，海嘯震盪，連海龍宮也為之蝦蟹不寧。龍王以為有人鬧東海，派龍王太子與哪吒大戰。不知天高地厚、當然也不受人間局限的哪吒，殺了龍子，抽出龍筋做成腰帶，準備送給父親，沒想到，卻為家裡惹出驚天大禍。我們的人生不也是這樣嗎？大部分的想像，都不是真實；大半的努力和真心，常常落了空；更多時候的奮鬥和掙扎，沒有得到我們期盼的結果，如果說

「逆天的騷動」寫追逐；「甜蜜的苦澀」就是失落，在生離死別間，慢慢靠近人生實相。

為了平息衝突，哪吒割肉還父、剔骨還母，一縷精魂飄飄盪盪遝到佛前，佛以蓮花化身，碧藕為骨、荷葉為衣，讓哪吒從混亂泥汙中潔淨重生，生生世世斬妖伏魔，調皮的哪吒，逆天還魂，終於長大成「三太子」，成為英雄符號，也成為所有離亂憂苦的人，最後的信心依憑。這是多麼美好的小說情懷呢！所有的血汗淋漓、愛恨衝突，得有機會重新整理，我們在磨難中流淚，也在艱難辛酸中緩步前行，最後才能在「流離的金陽」裡，對不同的人，多出一些不同觀點的了解，以及慢慢釋放的寬容。

謝謝萬益老師在文白比例拉鋸的歷史轉角，抽空為我賜序；謝謝我的學生、也是我的團隊夥伴毓庭，與我同行。這本書的書名，原來想用《好心情，或者是即將好心情》，也許也可以是《看見星星亮》、《陽光醒來》，循著「日系療癒風」，像繼《龍貓》後第二部年度冠軍動畫《謝謝你，在世界的角落中找到我》，在溫柔中揭露磨難，再帶著巨大的勇氣，耐性等待好心情，當泊瑜從「純真的幸福」、「逆天的騷動」、「甜蜜的苦澀」和「流離的金陽」這四個篇目中，擇定嶄新的書名《逆天的騷動》後，忽然，盤旋於哪吒逆天還魂、三太子順天撫地的風韻繁華，又激盪出另一場故事了。

目錄

逆天的騷動

甜蜜的苦澀

流離的金陽

純真的幸福

方形老爸

老爸難得不加班，提早回來。媽吃了一驚，手忙腳亂地在廚房裡慌慌亂轉，我很想幫忙，老爸卻說，還是先把《國語日報》上自己最喜歡的文章抄一遍。

什麼跟什麼嘛！這是很重要的家庭生活經營耶！報紙上不都是這樣強調的嗎？我在心裡小小給他抱怨一下。很小聲、很小心。否則，老爸就會說：「如果不能心甘情願做好一件事，表示不能從心靈深處內化，要做更深層的訓練。」

這個「更深層的訓練」，可不像電視、報紙那些賣弄艱深名詞的名嘴那樣，隨便說說而已。從小學三年級開始，我就被「深層訓練」了整整四年，老爸在「電影」、「籃球」、「直排輪」……這麼多好玩的學校聯課活動中，強迫我選「書法」課，當別的同學抱怨補作文好累時，我真是羨慕極了，因為在作文班，可以聽老師講笑話，和同學打打鬧鬧，哪像我，一個人無聊地寫毛筆字，老爸還說：「每天用毛筆抄寫一篇《國語日報》上自己最喜歡的文章，就是最扎實的作文課。」

用毛筆耶！恨死蒙恬啦！虧他是個大將軍，不好好打仗，還有時間發明毛筆，這一定是他帶兵時用來整手下的惡作劇方法。像我老爸一樣。我這樣用毛筆抄寫《國語日報》，整整抄了四年，直到升上國中，考試實在太多了，老爸才「法外施恩」，准許我用「符合大考作文規定」的黑色原子筆抄寫，為了怕我遺忘老爸常常強調的「墨香」，他現在只要提早下班，就會在我抄寫文章時練書法，老媽常常抿著脣笑：「你老爸開始代替你，罰寫毛筆字。」

別以為我老媽這樣說，就是和我「同一國」。她常常說：「你老爸方

方正正的，不是太好玩，但是，他決定的事，大概都錯不到哪裡去。我們只要高高興興生活，不用花腦筋，又不用負責任，好輕鬆唷！」

這……我摸摸老媽的額頭，到底她有沒有發燒啊？每次聽同學們講，他們家有囉哩囉唆的媽媽、緊張兮兮的媽媽、歇斯底里的媽媽……這些奇奇怪怪的投訴，不是和連續劇裡演的媽媽比較像嗎？我老媽除了背後「虧」一下老爸是「方形人」外，好像很滿意她的生活，常常掛在嘴邊的標準「政令宣導」，就像這一類的：「你老爸啊！方形人耶！」、「剛好可以裝進我們這些亂七八糟的形狀，讓我們安安穩穩站著。」

倒好像老爸說的話、做的事，就不會亂七八糟似的。哪有可能嘛！那時候我太小了，還不知道世界上有什麼「兒童保護協會」這種組織，要不然，我應該去告老爸的，那才叫做亂七八糟！嗯，回想起來，應該是小學四年級、還是五年級的事吧?總而言之,還不到「可以單飛的年紀」,老爸朋友的房子要改建,計畫移走一棵「據說阿公一定會很喜歡」的老樹。

老爸好不容易把那棵珍貴的老樹塞進車後座,蓬鬆的枝葉像超級大胖子,竄伸到前座,老爸這邊挪、那邊移,終於無辜地轉頭告訴我:「沒位置啦!老媽出差,沒人照顧你,你得自己坐火車到花蓮,阿公會在火車站等你。」

什麼?花蓮很遠耶!老爸居然情願載一棵樹,不載他的寶貝獨生子?

獨,生,子。對,你沒有看錯,就是世界上最寶貝的那種「獨生子」。

可是,我老爸好像不知道世界上有這種寶貝,我只好偷偷打電話向老媽告狀,想讓她心疼一下,她兒子很可能火車迷航,這都是老爸的錯,老媽居然無厘頭地安慰我:「哇!送老樹回花蓮,阿公一定很開心!你真懂事啊！阿公知道你專程坐火車回去幫忙移樹，一定會到處宣傳，你啊！真乖、真不錯，就跟你老爸一樣孝順，你會出名噢！」

有沒有搞錯？這像是媽媽說的話嗎？真想到「媽媽市場」去換一個老媽。

最後，我還是一個人，貼著火車車窗，一路搖搖晃晃，鼻孔裡的蒸氣，附在窗玻璃上，慢慢化成水霧眼淚，好像也在替我抱不平，我怎麼會有這樣一對爸爸媽媽啊？他們真無情！就這樣，自從我平安完成「一個人搭火車」的壯舉，他們就提早發動我的「勇闖天涯」教育計畫。

小學升國中前的暑假，班上同學都去上「國一先修班」了，老爸、老媽卻把我送到臺東一位作家阿姨家，陪我住了三、四天後，就丟下我，還像個教育專家一樣地勉勵我：「這兩個月，可能是你童年時最後的自由了。

好好規畫時間，看看書、逛逛文化廣場，這裡走路到海邊又近，阿姨說，每天晚上七點到九點，是她的Free Time，隨時歡迎你和她討論人生問題。」

哼！什麼「人生問題」，我還是個小孩，他們看不出來嗎？誰不知道，阿姨就是他們安排的間諜。不過啊！這個阿姨真有意思，我們分享了很多「祕密」。其中最大的祕密就是，阿姨成為我們一票死黨的好朋友，一直到現在，每個禮拜電腦課，我們都喜歡約在聊天室，和她討論「人生問題」。

但是，我才不想讓老爸、老媽知道呢！到時還不是得聽老媽嘮叨「你老爸不會錯」，我都會背了。人啊！還是有一點祕密比較酷。就像現在，我偷看一下老爸，他以為我還是那個幼稚的「國語日報小孩」嗎？錯啦！我現在抄的不是《國語日報》，是同學到花東旅行時，特別為我帶回來的東部報紙，阿姨的作品刊出來了噢！

一字一句抄著報紙上作家阿姨的作品，要不是我真把她當作好朋友，這種羅曼史，抄起來很肉麻耶！原來，作家阿姨年輕時的未婚夫就像郭靖，不小心愛上黃蓉，卻不忍心辜負華箏公主。可憐的作家阿姨，命運派給她的角色，不是黃蓉，但她也不想像華箏公主一樣，苦苦等待，讓三個人都痛苦。她主動解除婚姻，選擇和心愛的人做一輩子最好的朋友，很快遷往臺東，到天涯海角去開創全新的人生。當我抄到這一段：

人生的遇合如潮起潮落，當我從來沒有想過的小小孩，湧向我的生命淺灘，我發現他開朗大笑時，眼睛底下皺出三條細紋，像小貓咪。忽然想起，他父親很久以前憂悒著眼色告訴過我的：「對不起，我不知道這是怎麼發生的，只覺得她笑起來，眼睛底下皺出三條細紋，像小貓咪，我就會跟著快樂起來。」

這個「從來沒有想過的小小孩」，指的是我嗎？我忍不住停下筆，不小心發起呆來。這時，媽媽剛好端菜出來，心滿意足地叫我們洗手吃飯。一抬頭，我嚇到不能動彈，怎麼以前一直沒有注意到，這個我一直嫌她太快樂又太輕鬆的媽媽，居然在笑起來的眼睛底下，皺出三條細紋，真的，真的很像小貓咪耶！

我從心裡發起抖來，回頭一看，那個一本正經的方形老爸，還在寫毛筆字呢！

兩把刀

我一直覺得，「作家」是一種天生的命格，無論獵命師們如何奮鬥、掠奪，所有的特殊命格，終究要回到命中注定的那一個人身上。

就像是我。最早的時候，老爸並不準備讓我變成一個作家，他要求我每天抄《國語日報》練書法，很明顯的「陽謀」就是，發展他那一套「眼鼻相觀，身心恭正，下筆嚴謹，有益於國計民生」的老人哲學；後來，在「符合大考作文規定」的時代潮流裡，我從「毛筆工奴」進化成「黑色原子筆抄寫機器人」，這段血淚辛酸史，除了好好學讀書、學做人，我那方形老爸，對藏在「作家」命格裡的正義價值，一點概念都沒有。

幸好，命中注定就是命中注定，每一種命格，都有一種死纏爛打的特殊性，不是偶然，而是必然。我就這樣在考前熬夜K書的深夜裡，靠著同學們提供的提神雜精——《功夫》，從古代走進現實，澈底了解所謂「這世上，有種東西，叫做正義」、「正義需要功夫。」的誠懇號召，毫不動搖地走進我的「熱血人生」。

認識刀老大，讓我的人生，澈底轉向正面、積極而又心理健康。

刀老大的書，秉持著「個人不知道在堅持什麼」的原則，驕傲地包起封面，堅持先付費再享受。所以，我心甘情願地節省午餐費，補充精神滿足，在老爸的法眼監控下，正襟危坐，認真扮演稱職的「抄寫機器人」，用老爸認可的大考專用黑色原子筆，一筆一畫，工整而詳實地抄寫「都市恐怖病」系列。

刀老大說：「我可以不擅長寫故事，但我不能不喜歡寫故事。我為什麼會那麼喜歡寫故事，八年前的起點，那是一個亂七八糟寫的超級系列，有個名字，叫都市恐怖病。它在市場上的絕對不被接受，到成為書迷口中的王道，內涵的意義大過於銷售量，它的寫法注定了小眾，但也注定了一群高舉聖火的追隨者，用竊竊私語的方式，討論著這個故事的種種……那是我的黃金梅利號。」

哎，你該不會問我，什麼是「黃金梅利號」吧？就是草帽海賊團的第一艘海盜船啊！

什麼？你又要問，啥？草帽海賊團？就是魯夫那一夥無人能比的海賊王呀！連我老爸都知道耶！ㄜ，這其實也沒什麼了不起啦！我老媽開的小ㄅㄨ ㄅㄨ車頂貼圖，就是這艘羊頭船，擁有自我意識，設計者是頭上也有羊角造型的梅利，所以才叫做梅利號嘛！

這艘一出生就注定不平靜的船寶貝，下水典禮時酒瓶沒被敲碎，在加亞島卻被彈簧腿斷成二半，好不容易趁著夜霧自我修復後，又經歷龍骨損壞，海嘯中被流放，還在海上斷成二半，最後只能透過魯夫的火葬儀式，輝映出偉大的光榮使命。

我也是這樣，一出生，就注定不平靜。寫毛筆字，抄《國語日報》，幫老爸做老人服務，替爺爺養花種樹，別人都在看電視、打電動的黃金童年，我被接來送去，學英文，吹笛子，練跆拳道……小學一畢業，都來不及問一聲我的死黨們到哪個國中先修班去吹冷氣、聽笑話、追女朋友，一放假，就在狠心的老爸和沒有主見的老媽聯手「陰謀算計」中，送到臺東，從此無父無母，除了隔壁房間住了個爸爸的作家朋友之外，只能像大俠般，獨立生活，澈底進入變身為「男子漢」的修煉過程。

每天早上，我維持運動員速度跑到大海邊，站在大石頭上，和滾滾滔滔的大海濤大聲競吼十五分鐘，並且每一天都在幻想，在這樣天荒地寒的

—啊——

海角邊境，不知道那一天，就會遇到一位與世隔絕的超級正妹，陪我去行俠仗義，當然，我也會學著我老媽愛看的《海角七號》，禮貌地問她：「留下來，還是跟我走？」

呵呵，想起來就超酷的！這時，我才高興起來，幸好老爸老媽不在。如果老爸在場，應該會對著我大吼：「你在鬼叫什麼？」；老媽一向好相處，又喜歡熱鬧，搞不好會跟著吼幾聲，只是她選邊站的標準都很奇怪，搞不定她會選擇老爸那邊，還是支持她心愛的寶貝兒子？

臺東生活不像都市人那樣神經緊張，幾個阿桑不自主地瞥了我一、兩下，很少有人過問。偶爾會有一、兩個阿媽，倒杯青草茶給我，還會殷勤地問：「會燒聲嗎？」

燒聲？這太小看我們這些壓抑太久的學生功力了，不要說十五分鐘，就算連續吵上十幾個鐘頭，我們仍然精神抖擻，百嘶不竭，看我們班秩序比賽連續十二週最後一名，就知道我們的實力了。我一口乾盡阿媽的青草茶，立刻跳上大石頭，狂吼三十分鐘。

哈，這個可愛的阿媽，整整站在我身邊，聽了三十分鐘，眼都不眨一下。我覺得她們都太夠意思了，陪她們回家，代替她那些久沒回家的兒子和孫子們，除草，移植，順便啊！把一些早已倒掉的籬笆，重新扶正、固定。這些「庭園藝術」，都是我阿公的絕活。他總是說，這麼多個孫子，只有我做得最好，這時，剛好在臺東派上用場，還有一些阿媽，會在清晨海邊，排隊請我去幫忙。

「叫你讀書，理由一大堆，做雜工倒挺勤快的。」老媽只有傻笑。不是太常笑的老爸，反而對我做這些雜工，表現出「深以為榮」的樣子，他說：「四體不勤，亡國之兆，算不得知識分子。」

這下你知道了吧？四體不勤，算是罪大惡極，我實在沒機會摸幾次電動。像我們班那個超 Lucky 的電玩小子，他老媽還計畫陪他到韓國，參加世界電玩大賽，要是讓我老爸知道，包準哀聲嘆氣：「亡國之兆，亡國之兆！」

開學後，國文科指定作業「暑假生活紀實」。我把臺東生活加油添醋，精工鍛造出皇皇鉅著，把每個熱情又孤單的阿媽，全部描寫得與世隔絕、國色天香，九把刀的傳奇全都成了過去，本大俠化身為「十把刀」，在荒荒海崖行俠仗義，直到世界末日。

「出書」後，一天又一天，我迫不及待地等著「大會表揚」。

沒想到，作業發下來，沒有煙花、鞭炮，我一萬多字的心血，只換來國文老師十五個字的短短評語：「情節重複，不須大費周章，兩把刀即可。」

最美的一瞬

我老爸很特別，有點像玄幻小說裡神祕莫名的智慧老人。從小要求我抄報紙練書法，把一整套「眼鼻相觀，身心恭正」的老人哲學，強灌到我身上。

小學升國中前，班上同學不是在私中暑訓，要不就去上「國一先修班」，他卻送我到臺東去看看書、親近大自然，順便想想人生問題。又能怎樣呢？反正，從出生到現在，我也沒有別的地方可以去，對各種「合理的訓練」和「不合理的磨練」，早就學會「逆來順受」了。

就算這樣，我對每個人生階段的轉折，還是怕怕的，不知道他又會想出什麼方法來整我？

果然，剛升上國二，當班上同學同心協力地擠向各個「英數理化重點加強班」報到時，我爸又想出新花樣，跟著同事 Down lord 了個神祕的

App，選擇一個奇怪的私密社群「野性的呼喚」。光看發刊詞就很詭異：「我們都是國二孩子的爸爸媽媽。請接受邀請，讓我們的孩子在升上國三前，登上玉山巔峰，學會在意志和汗水的洗禮下，延續山和雲的無邊寬闊，用一輩子不能複製的記憶和熱情，面對不可測的人生大考。」

搞什麼嘛？「呼喚」爸爸媽媽以後，所有的「野性」，就不關他們的事，完全交給我們這些不能反抗的「國家未來主人翁」。還登玉山咧，國二就開始模擬考了耶！沒錯！和你現在想的一樣，這絕對是一場誘捕純潔青少年的「陷阱」。

在登山之前，社群先提供一套精密設計的體能訓練，從上下樓梯、負重……到呼吸、體重的計算和增強。從此，在老爸的嚴格管制下，每個星期天，我都「貢獻」在各個不同的地形環境，背著厚厚的參考書，上下樓梯、調勻呼吸，還得慢慢從背參考書晉級成爸爸的各種法學精裝參考書，從一本、兩本、三本……沒完沒了。好脾氣的老媽看不過去了，有時候，還替我伸張一下正義：「這樣練下去，到底要背到幾本才夠啊？」

「四體不勤，亡國之兆。」老爸一定會這樣說，我都會背了。分不出老媽到底算不算站在我這國，她只是懶洋洋地回了句：「幸好，我給這小子生了副健壯的體魄。」

看起來，對我的「任重道遠」，一點幫助都沒有，我都快哭了。又能怎樣呢？真羨慕有一些同學，什麼事都不用做，只要坐在補習班，打屁、哈啦、滑手機……，那樣無腦搞笑的日子，過起來多輕鬆啊！

就在天氣剛剛變冷，身體最不能適應氣溫變動時，「野性的呼喚」社群開啟第二進程，隔週郊山健行，無畏陰晴寒暑，風雨無阻。天哪！第一次看到五、六十個和我一樣活在水深火熱中的「受害者」，背著厚厚的行囊浮出社群水面時，還有個瘦巴巴只長到我肩下、幾乎快被背包拖垮的小女生阿麗，忍不住想起老媽洋洋得意的炫耀，確實啊！我真的擁有個「健壯的體魄」，真說不出該高興還是感傷？

看起來大家都沒什麼抗議、示威、討價還價的「青少年人權」，只能一次又一次經歷越來越艱難的磨練和打擊。我現在已經習慣丟下「怎麼辦？明天要考試了！」這種無關緊要的煩惱，每天都累得沒力氣胡思亂想，因為沒什麼時間複習，只能預習功課，先想想那一段課程很費勁，更要專心聽講，做了作業倒頭就睡，第二天再早一點起床翻了翻書就去應考。

沒想到，農曆過年前，登玉山的梯隊竟然多得像逛夜市的人群。擠在「排雲山莊」過夜，就是靠這種「倒頭就睡」的特異功能，才能在轟天巨響的打呼聲中，儲存體力。

為了迎接日出，凌晨四點，起身吃早點，摸黑出發。最後一段山路，拉著鐵鍊登頂時，冰刀似的風，又狂又利，我緊緊抓著繩子奮力往上爬，來不及想清楚，反覆只是夾纏著亂想，我到底是不是老爸的親生兒子？好不容易攀上山頂，站在巨岩上，陽光透過雲層掙扎著，有一種乾淨剔透的顏色，鮮豔的幾乎快把世界翻醒，風吹過來，往左右一看，哇！好多社群夥伴，我們都在流了不知道多少汗水和淚水之後，站在臺灣最高點耶！

夥伴。真的是夥伴耶！我想都沒想就用了這個可愛的字彙。這時，我發現阿麗就站在我身邊，讚啊！這小女生真厲害。不知道為什麼，我們同時往山下一看，還有好多平常看起來還不錯的傢伙們上不了山。阿麗一回頭，竟然就自顧自下山，我來不及想清楚，也跟著下山，身邊所有早已登頂的人，跟前跟後下山，陸續回到上不了山的夥伴們身邊。

我們一起撐起大家的重量，有一個人就可以協助上山的，也有需要兩個人的，即使遇到最虛弱的，前面一個拉、後面兩個人推，我們也要一起把人帶上山頂。

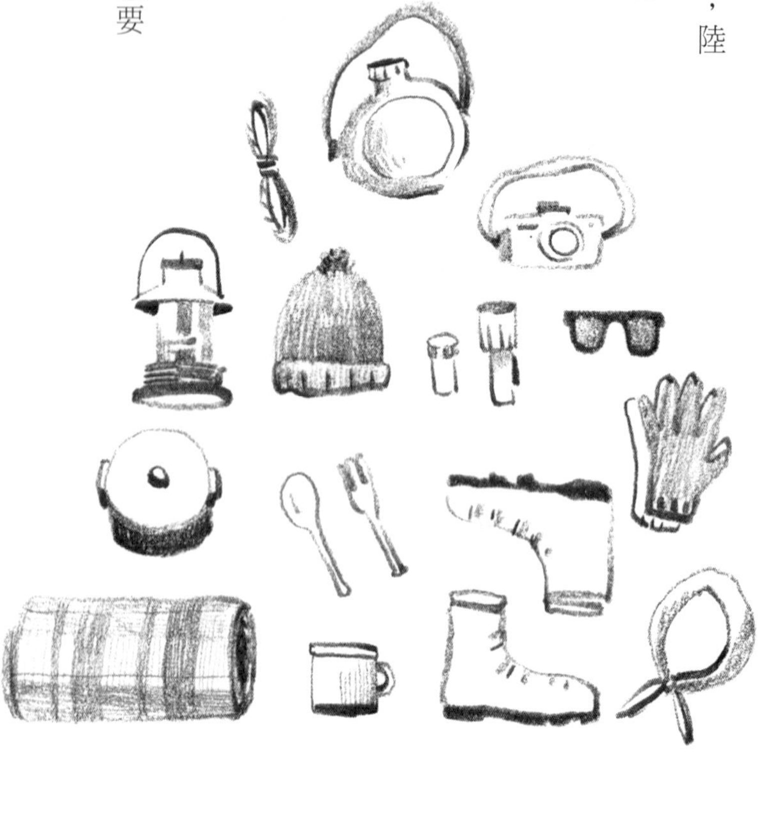

日出，真的很美。

登頂時，聽著自己在冰涼山區裡的心跳聲，遙想著一段又一段辛苦走過的歷程，感受此生此世都不會忘記的透明寧靜，更有一種深沉的美。

當大家一起回眸下山，那種相互了解的溫度，美得層層遞遞，像一篇說不清又繞不盡的詩。但是，錯過了日出，遺忘了負重山訓的疲倦，卸下登頂的驕傲，看著一張又一張熟悉或不熟悉的臉，沒有一個遺漏，我們一起在山頂，這可能是我這短短的十幾年人生裡，所能感受到最美的一瞬。

我們都錯過日出了。可是，我們都好快樂！

咦？怎麼會這麼想呢？這最美的一瞬，千萬別讓我老爸發現。他要是因為這樣而洋洋得意，我就慘了！不知道在大學畢業前，面臨下一個人生轉彎，又將跌入什麼樣任人惡整的陷阱裡？

藏著一個故事

不到五點，我認真地擦著桌子，遠遠地，聽到鞭炮聲劈里啪啦，越來越響，越來越近，猛聽到豆豆的聲音大聲嚷著：「就這裡啦！沒騙你們吧？就說這麵攤超隱密的，沒有我帶路，你是絕對找不到的啦！」

一回身，搞什麼？客人就要上門了，豆豆不但一手放著鞭炮，還帶個背相機的記者阿姨來鬧狗。他好像看不到我在瞪他，笑嘻嘻地回頭介紹：「瞧，這就是我師父啦！導仔把我們整班拆成兩半，第一名的認領最後一名，指導作業、督導功課、補強所有不懂的科目，第二名再認領倒數第二名，第三名認領倒數第三名，就這樣一直分配下去，還舉行正式拜師儀式呢！每回模擬考的成績，都得兩個人一起結算，總分退步就得跑操場。我都當作減肥啦！我師父最可憐，你看他瘦巴巴的，陪我跑過好幾圈。」

「恭喜你啊！大考滿分耶！」記者阿姨對我一笑，我不好意思再瞪豆豆，豆豆好像也知道自己有了靠山，洋洋得意地報告：「我師父就是厲害，剛剛配成一組時，我PR值才五十九耶！哈哈，大家都說，連公立高職也考不到。我看他瘦巴巴的還要跟著我跑操場，實在不好意思，只好認真拚一拚，模擬考成績整整多出一百分哪！我老媽都說，天公伯仔有夠疼愛的啦！」

我不喜歡豆豆這樣沒完沒了的聒噪，也不喜歡上報紙。記者阿姨問我幾個問題，我都沒仔細聽，就在豆豆和記者阿姨各說各話中，我忽然拔腿就跑，只回頭喊了聲：「媽，我出去一下，很快回來！」

媽來不及回應，錯愕地對上記者阿姨比媽更錯愕的眼神。我丟下他們，衝出巷口，跨上腳踏車，瘋狂地往前衝，連我都不知道該到哪裡去？耳朵邊的腳踏車，鉟啦鉟啦發出怒吼，風切過我的臉，涼涼的，冰冰的，很久很久我才忽然發現，我怎麼哭了？

我不知道，我為什麼不想上報紙。噢，不是這樣。也許我知道，我不想上報紙，不想被發現，不想，不想，不想被他們知道。

他們。想到他們，我終於知道我的心還會痛，痛著，痛著，風很涼，臉很冰，我在流淚，好多感覺回來了。我想起好多事。想起小學四年級時，我們一起打球，渾身是汗，就在我必須丟下朋友趕回媽的麵攤幫忙以前，他們總是買好多香噴噴的鹽酥雞、水煎包、開口笑、韭菜盒子……，大家喳呼著一起聊天、一起吃東西，因為我從來沒有零用錢，他們總是熱情地起鬨：「來，乖兒子，叫一聲爸爸就給你吃！」

叫一聲爸爸，來，給你吃！叫一聲爸爸，叫一聲爸爸……。我跳下車，腳踏車一摔，把臉埋進手裡，大聲哭起來。我恨，恨自己為什麼這麼不爭氣。我真的叫他們爸爸，因為鹽酥雞好香、水煎包好讚、開口笑好酥、韭菜盒子真好吃，因為我總是在媽媽來不及煮麵以前先餓，我總是，我，我總是禁不起誘惑。

真想把那時候的自己抹消掉。都是我，都是我的錯。我把臉埋在掌心裡，恨不得也把自己的一切都埋藏起來。

五年級以後，我受不了走到哪裡大家都「兒子」、「兒子」地大聲亂叫，不再跟大家打球。奇怪的是，我也不想再吃這吃那了，慢慢地，吃的東西變少，人越來越瘦，只想把自己藏在書本裡。

我的成績越來越好，和大家的距離卻越來越遠。畢業後，他們都念了私立學校。我一個人到公立國中報到，我不願再想起，也慶幸終於不必再想起，笨笨的童年。

所有的快樂和不快樂，就這樣丟在舊舊的小學校園裡。

直到國三時跨學區模擬考大排名，我排進第十三。前五十名中，唯一的公立國中學生。平凡的我，忽然因為攤開來的排名成績轟動全校，在競爭激烈的私立學校裡，更是形成傳奇。

那天下課，沒有注意到他們躲在校門口，跟蹤我到媽媽的麵攤。當我如常在工作時，他們一人霸住一桌，每桌只此起彼落叫嚷著：「兒子，來一碗麵！」、「兒子，切三片豆干」、「兒子，兩個滷蛋」、「兒子，來叫爸爸！」、「兒子，你確定這麵比得上鹽酥雞香嗎？」……

幾個十幾歲的孩子，竟搞得我們的麵攤不能正常營業。媽媽驚疑地張大眼睛，我又生氣、又害怕，顫抖著身子，整個人僵在那裡。就在這時候，一百八十二公分、七十四公斤的豆豆來了，他兩手一抓，輕輕鬆鬆拎起兩個學生往另一桌一丟，再帥氣地拍拍桌子，左右張望一下，大笑說：「我看你們都認識嘛！來，全都過來坐一桌，親熱一下，一碗麵，三片豆干、兩個滷蛋，怎麼可能吃得飽？反正你們有的是錢，來，叫多一點，什麼都要吃，我在這裡招呼大家，一個都不能走！」

看著他們嚇白了臉，豆豆靈活地替我切菜、送麵、端盤、洗碗，並且調皮地對我眨了下眼睛說：「知道嗎？我們家的兄弟姊妹啊！從小就打工，什麼工作都難不倒我們。」

後來我才知道，豆豆一下課就注意到他們在跟蹤我，當然也不客氣地跟蹤他們。我們之間究竟有什麼過節，豆豆從來不過問。從那天開始，我為豆豆整理筆記，替他把最重要的關鍵找出來，讓他自己解題，要他用自己的話重新講一遍給我聽。

豆豆一直在進步。我們跑操場的時間變少了，說瞎話、開玩笑的時間變多了，豆豆卻從來沒有問過我，那一天究竟是怎麼一回事？

究竟是怎麼一回事呢？

我哭得差不多了，終於靜下來，天都黑了，田地裡有熱切的青蛙在呱呱亂叫。

這就是我們的人生吧！陰天，晴天，刮風，下雨，只要一逮到機會，青蛙還是要呱呱呱。

回到麵攤時，記者阿姨正在吃媽媽招待她的超大碗招牌麵，豆豆比手

畫腳：「我告訴你，消去法，就是我師父的獨門法寶，他常常說啊！我們哪可能讀盡所有的書，遇到我們不會的題目不要慌，一定有線索，先消去絕對不可能的答案。耶？我師父回來了！」

豆豆興高采烈地迎向我，握起右拳捶了我的肩，我皺起眉，也推他一下，然後坦然地坐在記者阿姨身邊，我有故事要講。

豆豆一定會非常高興，在這個我藏了很久的故事裡，他也是個要角。

The Old in New

天哪！我快要昏倒了。

我媽，我媽怎麼會做出這麼丟臉的事呢？我一定要換個帳號！自從我媽死催活催，纏著我加她好友後，我就心驚膽戰，等著不知道哪一天從天而降的「飛來橫禍」。果然，不過一個多月，她就給我惹出這個大紕漏，竟然在網路這種「假裝很私密」的公眾場所，貼出在 COSTCO 大特賣時買的棉棉，還洋洋得意地敬告親朋好友：「像牆一樣高唷！只要七百多元，反正一個人不可能在有效期限內拚完啦，好姐妹們，一起來吃個飯吧！大家分一分，人人有獎！」

這……這真值得這樣大作文章嗎？那怎麼不相約去騎車、爬山、滑水、打球、溜冰啊！電視廣告不都這樣說嗎？好自在，又靠得住。

唉，不知道什麼時候開始，老媽們就這樣越來越靠不住。當我們擠壓在升學窄門裡，每天都在為自己的人生唉聲嘆氣時，還得為好多讓我們擔心的「媽媽症候群」煩惱個沒完。我同學說啊，她老媽跟著朋友去做瑜伽，買了幾件緊身服，回到家，就洋洋得意地追著我們問：「怎麼樣？不錯吧！我們現在這個年紀啊，就叫做『美麗歐盟』，全都是美美的歐巴桑聯盟噢！」

「拜託，歐巴桑哪裡還有美麗的？」另一個同學講得更直接。顯然，美麗歐盟這種「病」，是會傳染的，我老媽就很喜歡強調：「歐巴桑啊！越活越值錢，像黑木瞳，美的不得了！」

「黑木瞳？誰啊？」好多人都搞不清楚。這下子我就顯老了，可還是忍不住要解說：「日劇明星啦！和我老媽一起Follow過好多她的戲，看著她慢慢皺了、老了，還是有一點點害羞的樣子，真的是永遠美麗的歐巴桑啊！」

「還害羞咧！都不像我媽。每次剛認識人就嚷嚷著，你猜，我幾歲，猜啦！我幾歲啊？」我同學聳了一下肩：「誰管你幾歲啊？」

「啊！我老媽更誇張，遇到久不見的熟人客氣丟出一句『你一點都沒變』，她就樂得忘了我是誰，反覆重複著，啊，我老了，就是身材都沒變啦！」這邊有人一說，那邊就爭相模仿著老媽們的慣用語：「唉唷！我孩子都上國中了。」、「不行，不行！我應該印個名片，就說我已經是兩個孩子的媽了。」

「不必浪費錢啦！你媽一看就非常像兩個孩子的媽。」忽然聽到這麼刺耳的話，吵吵鬧鬧的聲音靜了一下，一會兒，挖苦老媽們的閒情遊戲立刻變成你爭我罵的第三次世界大戰，最後，我們在極端沒有建設性的忿忿不平中，「撞」出非常積極有為的靈感。

聖誕節前，我們湊在一起，準備為我們的媽媽們打造一本「時尚祕笈」，書名叫做《The Old in New》。很有氣質吧？簡直像「不可能的任務」，我們得包辦給老媽們的食衣住行小叮嚀，像在餐廳吃飯時，「保持微笑」會出現綠燈，一旦批評起「這道菜，自己在家裡做才多少錢」，立刻就換成紅燈；她們喜歡聊衣服，一出現「大圓裙」這個老舊的名詞，世界就變成黑白的，如果轉換成時髦一點的「傘襬圓裙」，世界就像魔術，一翻頁就是彩色的歐式鄉村、薰衣草原野和一張又一張甜甜的笑臉；亂七八糟種著蔥、辣椒、香菜和九層塔的陽臺，改放小圓桌，端杯咖啡，聽聽音樂，如果一定要種點什麼配菜的話，迷迭香是不錯的選項；至於午後閒逛，要搭配漂亮的人行步道，記得穿上尖尖的高跟紅鞋子，配短短的花

The Old in New

fashion editor

邊襪才有型……

生活開始變得緊湊又有樂趣。有人蒐集時尚雜誌，有人規畫重點，有人負責手繪美編，我加文字說明，直到最後彩印裝訂後，簡直是美呆啦！

The Old in New，成為這陣子我們的通關密語，無論何時何地，沒事時總會忽然冒出這麼一句。大家一回到家，時時惦記著自己的任務，一看到老媽就跟前盯後叮嚀：「The Old in New，老靈魂要穿上新彩妝，青春無敵啊！」

聖誕節，什麼節目都不想安排，早就計畫要好好睡個飽。近中午起床時，在客廳看到老媽，嚇了我好大一跳。老媽在看報紙，身上穿了件又寬又大的綠罩衫，衣服上印著一張紅紅的嘴張開大笑，擱在茶几上的那雙腿，穿著窄窄緊緊的綠色八分褲，小露足踝，腳底是毛茸茸的聖誕馴鹿短筒靴。

這……這不是去年聖誕節我在班上搞笑趴的「戲服」嗎？

天，哪！老媽還真有她自己的創意啊！這是從哪裡找出來的「搞笑裝」啊？

「早安，聖誕快樂！」老媽非常自然地微笑著，聳了聳肩，回敬我一個小叮嚀：「The Old in New，青春無敵啊！」

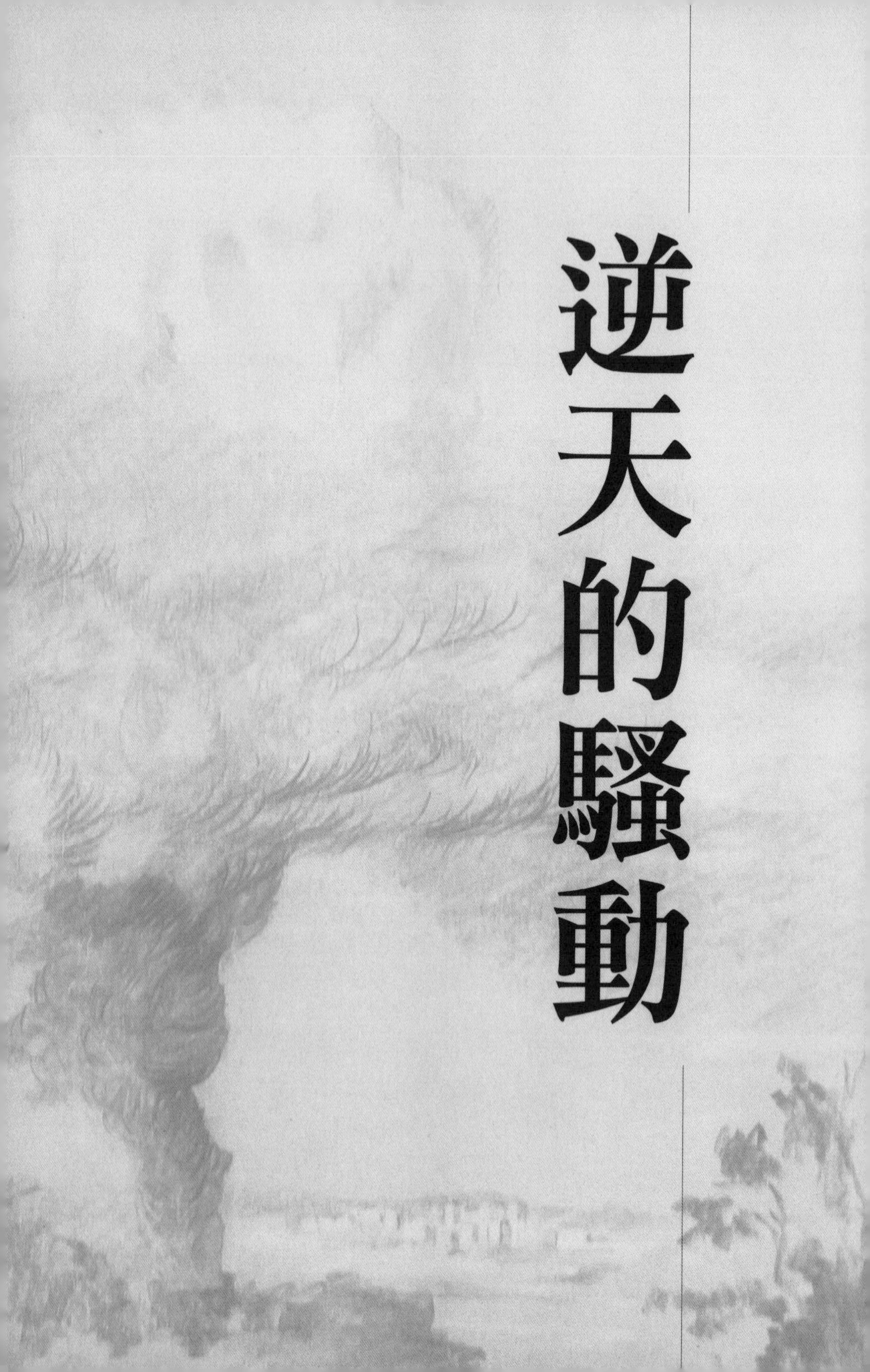

逆天的騷動

走一條輕鬆的路

兒子「又」離家出走了。

從四歲多一點點開始，帶他到公園，第一次接觸到沙坑，他居然趁我不注意時，整個人沉進沙池，去他自己的「沙之國」探險。害得我到處慌亂找，連附近幾個爸爸、媽媽也跟著我緊張起來。直到他嗆了一鼻子沙，痛苦得不得了，為了大口呼吸，才自顧自又站起來，一點都感覺不到，我們在這麼短的時間裡，經歷過何等狂烈的驚心動魄！

那時，有個看起來很有學問的教授爸爸，在找到孩子時特意告訴我，這樣稚齡的孩子，要把自己完全隱入沙池裡，除了驚人的「夢想力」和「意志力」之外，還要有我們難以想像的「執行力」，最後，他有點擔心地看著我：「想想看，你有足夠的力氣和技巧，把自己埋進沙池裡，讓別人發現不到嗎？這件事，連大人都很難做得到。」

我開始覺得這孩子有點古怪，怕他像到他爸爸。他爸爸是我年輕時的畫畫老師。我一直喜歡顏色、喜歡聲音，喜歡一切美麗的「非現實存在」，可惜因為家裡經濟不好，一直到上大學後不斷打工存錢，才找到機會學畫。

畫畫老師很年輕，上課完全沒有計畫，不只讓我們嘗試顏色，興致一到，捏塑、刻印、素材試驗，隨手隨處都是新奇，大部分的時間，我們都用來讀詩集、讀印譜、讀畫冊。很久以後我才知道，畫畫老師連國中都沒有畢業，十幾歲就離家出走，在臺北闖盪，胡亂打工、隨意填飽肚子，常常徘徊在藝術展場，專注研究著他喜歡的創作。

他那麼小，又那麼痴狂，當然很容易引起現場創作者的注意，因為倔強、瘋狂，加上一點點才氣，幾個有名的畫家、印人、學者，勸不動他回家，大家就輪流把他帶在身邊，像古代學徒一樣，一點一滴，從生活細節

為他灌注了難以複製的生命態度與人文風華。這樣痴纏狂熱的一個人，當然有條件成為難以抗拒的情人，我幾乎是在第一眼就無可挽回地愛上他，大學一畢業，不顧家人對他家世、學歷、職業……的總總疑慮，只想和他在一起。

幾十年來，我對他的戀慕，始終沒有褪色。這些年來，社會上再也沒有想上「沒有計畫的美學課程」這種學生了，上美術課，多半是為了考美術班，他的「私塾」，幾次都因為沒人報名而草草收場；他的作品也賣不好。我接手賺錢養家的現實雜務，讓他專心創作，無怨無悔地守在他身邊，陪伴他、照顧他。

可是，這樣瘋狂而不安定的人生，一次就夠了，我不希望我的兒子也變成這樣。希望兒子有一條輕鬆的路可以走，不是全天下媽媽唯一的願望嗎？看著兒子讀書這麼輕鬆，PR值穩定維持在99，輕鬆考進數理資優班，將來選一所好大學，熟悉任何一種可以輕鬆養家的專業，無論是醫生、律師、會計師……什麼都好，要不然，他喜歡藝術，當建築師也不錯，還可以繼續畫圖。

「建築圖也不錯啊！看起來環境美又氣氛佳。」每次我這樣說。兒子就翻白眼，沒好氣地「哼」一聲冷冷回嘴：「什麼叫做輕鬆的路？我告訴你，自己最喜歡的路，走起來最輕鬆啦！」

他爸爸不會站在我這邊，也說兒子兩句，總是在旁邊傻笑。我看著眼前最親密的這個人，還是才情橫溢，只是加上一點點皺紋，一點點歲月橫添後無可奈何的妥協，這樣倒好，使得他年輕時的倔強瘋狂，轉化成難以盡說的溫潤纏綿。哎！我就是愛著他這些不切實際，只是，不忍心告訴兒子真相，他老爸一輩子都走自己最喜歡的路，我怎麼覺得，我們過得一點都不輕鬆呢？

不是這樣嗎？這些年的苦日子，確實很不輕鬆呢！

不輕鬆。真的，很不輕鬆。

其實，一個人的時候，我常常翻來覆去地想，這些年，真的很不輕鬆嗎？看看兒子的臉，再看他爸爸，真的，是這樣嗎？我想起每一個夜裡，我們很少看電視，總是一起分享每一天發生的故事、音樂，以及我們喜歡的每一本書；我想起在任何一個藝術展場上，我們三個人各有執著的辯論；我想起兒子出生時，我們養在院子角落的烏龜，牠的年紀，剛好和兒子一樣大，準備陪兒子一起老，我們常常說，當兒子的兒子的兒子們都長大以後，如果烏龜百年，還要在牠的龜殼上，刻記我們的「甲骨文家族紀事」，給孫子的孫子的孫子們去研究……

想起這一路走來的點點滴滴，忽然，心裡流過一道溫溫甜甜的暖流。這些年的日子，說苦，其實不苦；說不輕鬆，確實也有很多輕鬆的美好時刻，我覺得一切都搞混了，到底，什麼才叫做「輕鬆的路」呢？

就在我堅持而又迷惑的反覆中，兒子不斷離家出走。時間或長或短，最短三十分鐘，最長三十幾天。幼稚園時，他離家出走到公園、賣場、美術館；小學時，他進化到懂得打包行李，離家出走到外婆家、老師家、同學家；隨著年紀越來越大，經驗越來越多，膽子也練得越來越猛。他存錢、打包行李、添購簡易型組合傢私，並且結合工作、學習和生活，長遠規畫，擺地攤、寫程式、架設販售網頁……。

兒子這次離家出走，我倒不急了。他遇到一個音樂狂人，好像叫阿志吧？兩個人一起在網路上當「公務員」，相約每天Po一篇創作，我可以透過每天一篇的「實況報導」，無論是詩、畫、歌詞、內心獨白、安全帽塗鴉、T-shirt標售、骷髏頭裝置展……全面而開放地直走進兒子的內心世界。

他們合租在窄窄暗暗的地下室，四壁全漆成黑色，說這是「和黑暗繆斯交易」的必要儀式。這我就不懂了。繆斯，不應該是彩虹般亮彩的藝術女神嗎？現代孩子們杜撰出這些古古怪怪的奇幻異世界，反正啊，還不就是為了自己高興！

兒子這樣走下去，真的高興嗎？當我輾轉忐忑在兒子快不快樂、幸不幸福的憂慮裡，常常想起，是不是有一種可能，像他一直相信的，自己最喜歡的路，走起來最輕鬆？

我不知道。像多年來我相信他爸爸，我現在必須學會，相信自己的兒子。

這個奇奇怪怪的兒子，翅膀還沒長硬，早就迫不及待地飛離我為他精心打造的「巢」。看著他這樣任性、瘋狂地想飛，我想起他爸爸，想起這世界不知道還有多少熱烈揮霍的深情烈焰，我必須強迫自己放手，我只要求兒子，無論如何，一定要領到一張高中以上的畢業證書。

至於他會不會聽我的話呢？我想過很多遍，還是不知道。

最驚心動魄的冒險

沒有人知道，我一個人住。

每個月，隨機挑幾個晚上，刻意點亮客廳的燈，播放同學會時在餐廳錄下的人聲交談，到了深夜一點半，再撥鬧鐘叫醒昏昏沉沉的自己，半瞇著眼睛，關音響、關電燈，好像，家裡有一場大人的宴會剛剛結束。反正，爸媽一向都忙，鄰居們根本沒人發現，這個屋子裡沒有大人。

現代人就是這樣，老爸都搬走一、兩年了，還有很多鄰居問起，怎麼這麼久沒看到老爸？離婚，雖然不是什麼稀奇的大事，但是，實在也沒有什麼好張揚。

老媽出國前，替我安排回老爸家暫住的轉學計畫。一直都很忙的爸爸，超過約定時間很久以後，才想到打手機問我，到底我人在哪裡？我早就準備好答案，告訴老爸，媽後來覺得，反正只去美國半年，還要辦轉學，轉來轉去太麻煩了，所以就近安排我住在她的死黨家裡。

爸當然很放心。他再婚後，新太太沒有上班，專心打點新家，爸花了更多時間在工作上奮鬥，再不會像以前那樣，總是跟充滿企圖心的媽咪，互相指責對方不負責任。

我就是那個總是閃著警告紅燈的「責任」，讓大家不得不過得劍拔弩張。小學時，他們都說是為了我，忍耐著隨時都要爆發的「活火山」，勉強保住婚姻；直到我上了國中，謝天謝地，他們終於不再吵架了，因為，他們離婚了。

說老實話，他們算是不錯的爸爸、媽媽。離婚時，沒有人把我當作麻煩，想要把我丟開，反而都再三保證，他們愛我，希望我跟他們住，但是，兩個人都充滿君子風度地等著我做決定，比離婚前還要懂得「保持禮貌」。

我當然不希望爸爸媽媽分開，所以一直沒有做選擇。反正都離婚了，他們也沒什麼好吵，我們就這樣相安無事地又一起生活了一年多，直到爸爸決定再婚、遷離，我和老媽就這樣繼續住在原來的家裡。

升上國三時，老媽必須轉調美國，在熟悉國際背景和客戶關係後，準備為下一次升遷做準備。我們簡單平靜的生活面臨考驗，知道媽一定很擔心我的聯考，我保證比

以前更努力，希望她不要錯過這個難得的機會。

我們成立只有兩個人的私密社團，每天製作生活新聞，「實況報導」。我認真編制為老媽量身客製的「在爸爸家的生活」，幾次還故意透露出爸爸的新太太很喜歡我。媽這個人最講究風度，除了打手機給我，從不曾打電話到老爸家求證，嗯，那會拉低她的水準，好像她在跟老爸的新太太「搶小孩」，只是反覆強調，要自愛，不要給「別人」添麻煩。那不是「別人」，是我老爸耶！可見，媽眼中幾乎忘了老爸存在，盼著用我的「自愛」，向老爸的新太太宣示，這是她的教養成績。

我很佩服我媽，總是有各種最簡單、有效的方法，把工作、生活都安排得俐落而周到。剛上「國三重點加強班」時，遇到陳心新，我嚇了一跳，好像遇到國中版的老媽。我真的很喜歡和陳心新在一起，她的聰明、漂亮，樣樣都讓我想到我媽，這樣你就知道，我老媽多厲害了吧！連被她管死死的兒子，都不得不佩服，做人哪！能夠像到我媽，實在很成功。

記得，小學時我的成績不差，所有科目都維持在班上前幾名，離開國小前的最後一篇作文，老師要我們整理回顧六年的生活，當時我用天氣來表現漫長的六年，從天真、沒煩惱的晴天，開始一點一點懂得思考，有了開心以外的心情。面對爸爸媽媽的爭吵，不知道要念哪一所國中的迷惑，和同學分離的捨不得，我在作文簿上，畫著晴朗的天空出現幾朵烏雲，偶爾下起微雨、陣雨，有時甚至是大雷雨……交作文時，近六十歲的導師皺著眉頭在稿紙的右上角，用鮮豔的紅筆打上大大的「丙下」，再將作文簿甩向桌角，嚇到圍在老師身旁的所有同學，我，也愣了一下，拿著有史以來的最低分，回到座位上，完全不知道問題出在哪裡。

所有的同學都在大聲嚷嚷，學校好多志工媽媽也都激憤地要檢舉這個不適任老師，只有我老媽指著稿紙上的「晴時多雲偶陣雨」安慰我：「沒關係，天空總是要先下過雨，才會有彩虹嘛！人生啊！除了好心情，就是即將好心情。」

瞧，多漂亮！這世界上誰都愛死了我老媽，除了我爸。老媽常說：「老天爺總是會派一、兩個人，一輩子跟在我們身邊考驗我們，這就是今生的功課。」

不知道我爸是不是老媽的功課？我在想，大考放榜後，大爆冷門跌到第三志願的陳心新，今生的功課，應該是很倒楣地遇見了我吧？我真的很抱歉，不知道隔了這麼久，還會讓她這麼傷心。那時，遞了張「再見！不要再干擾我準備應考。」的紙條給陳心新時，不是不喜歡她，就像我老爸不是不喜歡我媽，只是，世界上還有更美好的事，值得我去冒險，也好像老爸不知道他後來會遇到一個讓他變得更快樂的家一樣。

我這短短的「一輩子」，幾乎都在緊密而有效率的時間格子裡，不斷地補習，不斷地考試，不斷地表演和比賽。從老媽忐忑不安地坐上飛機後，我的第一個決心就是，除了上學，我要拆掉全部的時間框框，再也不要受到約束，一個人，在自己的屋子裡，沒有爸爸、沒有媽媽；沒有補習、考試；沒有表演、比賽；沒有任何現實聯繫。

在捨棄一切的自由裡，我發現，連心愛的陳心新都得放棄，原來是這麼折磨人的疼痛。但也在這種「一無所有」，同時又「什麼都可能有」的空白裡，我才知道，這就是什麼都被要求得「按表操課」的我們，最驚心動魄的冒險。

按表操課，好不好？

剛從紐約回來，最開心的事，就是看到阿志長得更高了。雖然，他總是不以為然地應：「心理作用，好不好？拜託，才半年耶！又能改變多少？」

「謝天謝地，看起來也長胖了些。」我才不管他，自顧自繼續陶醉。這孩子要是活在以前，包準是「玉樹臨風」級的大帥哥，可惜長在靠健身房秤重計量肌肉的現代，總覺得我把他「生」得不太好，好在這孩子脾氣好，一向不太計較，喜歡他的女孩子可多著哩！只是他看不上。

這倒好，反正還小。這個階段，就是要讀書、學習、勤做計畫，做在前面，總比事後追悔好。我和他說了不知道多少次，人生啊！到了來不及時才懊惱，不知道要花幾倍、或幾十倍的時間，彌補自己錯過的或做錯的，還不一定有機會修正，所以，我們什麼事都按表操課。

自從在這孩子兩、三歲時，發現他喜歡撥弄琴弦，調皮的手指頭好像在玩遊戲，一靠近樂器就很開心的樣子，我就開始規畫讓他考音樂班，培養他專注的學習慣性和堅韌的意志力。想要在音樂班的世界裡，當一個好家長，可不是容易的事，選老師、接送練琴、四處去比賽，尤其在那些神氣驕傲的「專業音樂媽媽」面前，要溫良恭儉讓又不失體面，真比上班還累。

幸好，我們可以處處退讓，即使阿志在鋼琴術科考後取得優先選老師的優勢，也禮讓給最有影響力的家長會長。因為，我早就計畫好，音樂這種神祕的配備，不必太認真，當作興趣，怡情冶性又高雅尊貴，一旦當作職業，免不了風塵奔波又勞心勞力，反而累到阿志。

就算和他老爸最不對盤時，我們也小心忍耐，勉強保住婚姻，直到孩子順利考上國中英資班，我們才離婚。本來相約，一起陪伴阿志到考進大學後再分居，可惜，他老爸又有了孩子，決定再婚、遷離，這就影響了我的赴美轉職計畫。

這時，就顯出「按表操課」的重要性了。既然準備把阿志託給他老爸，我做了個精確的企畫書，把出國這半年分成三個階段，第一個階段是孩子的「適應期」，讓阿志熟悉爸爸的新家庭，兩家是「永遠的家人」，應該在心理層面相互靠近，才能有效支援、照顧；第二個階段就是阿志人生中最重要的「奮鬥期」了，我還特地到他老爸家附近，預約了最出名的「考前衝刺班」，透過關係，指定了最頂級的輔導導師；最後，當然是阿志的「充電期」，放榜後，我讓他到紐約來和我會合，見識一下什麼才叫做「世界文化融爐」。

「關於阿志的教養計畫，要收好。」我在下班前，約了他老爸見個面，他還是像平常一樣，把我的委託心血，隨隨便便塞入公事包，從此，再也沒有任何聯絡。在紐約的時候，我常常不放心地想起他潦草應著：「知道了，知道了！」，不知道阿志會變成什麼樣子？

每一天，我最期待的就是阿志充滿巧思的Po文啦！看得出新阿姨很喜歡他，我就不方便打電話到「別人家」搶小孩，這是最基本的教養和禮貌。也因為同樣的理由，放榜後，阿志通知我，阿姨剛生產，有一點小小的產後憂鬱，希望他可以留下來幫忙，恐怕他也來不成紐約了。

我當然得同意。這不但是最基本的教養和禮貌，還是人生應盡的義務。沒想到，回臺後才發現，阿志在這大半年，竟然都一個人住。我嚇傻了。這孩子膽子也太大了吧？先告訴老爸，媽覺得只去美國半年，轉學太麻煩了，就近安排他住在媽的死黨家裡，接著又杜撰出每天持續進展的「在爸爸家的生活」，沒有去考試，沒有高中可以念，光是關在屋子裡，練琴，嚴謹地維持著「每天一首」的紀錄，寫了一百多首短曲，最後，又花了兩、三個月，背起背包環島健行，在每一個喜歡的小村落，住上一、兩個星期。

他只有十六歲耶！到底在想什麼呢？從小到大，幾乎不曾掉過眼淚的我，不知道為什麼，竟然倉皇無助地哭了。我好想大罵阿志，這樣任性妄為！罵他老爸為什麼這麼不負責任，從來沒想過來看看這個兒子？更想罵我自己，為什麼在最重要的應考關頭，丟下阿志，一個人到紐約去？

一想到沒有按表操課，我就不寒而慄。沒有做在前面的阿志，要付出幾倍、幾十倍的時間，去彌補沒有考上第一志願的遺憾呢？

阿志拿出 I-pad，打開他預錄的鋼琴配樂檔案，沒有說話，只是靜靜拉著低沉的大提琴。悲傷的樂音，糾結著我的懊悔，我哭得更大聲。哭著、哭著，我聽到低吟的琴弦，緩緩拉出阿志小時候我隨口哼給他聽的催眠歌，我們散步時特愛唱的小調，以及他在上學途中流動的接送過程，我們特別偏愛的音樂，一小段又一小段，像溫熱又纏綿的絲質熨斗，輕輕撫過我混亂的心，一小段又一小段，我開始跟著輕輕哼唱起來。

「媽咪，這是我的財產。」阿志偎靠著大提琴，

像童年時他靠在我身邊睡午覺時的神情，安定、幸福，只是眼眶裡搖曳著晶瑩的淚光，他輕輕說：「我所有最珍貴的記憶，都不是按表操課來的。」

跟著他的樂音，我好像也看見了這半年的他，掙脫約束，拆掉全部的時間框框，一個人，捨棄一切，沒有爸爸、沒有媽媽，沒有補習、考試，沒有表演、比賽，沒有任何現實聯繫，只有自由，一無所有又什麼都有。

像一個小小的禮物，溫暖而又美好。

反正，人生不是好心情，就是即將好心情。當我浮起「明年再考一次試，又有什麼大不了？」這個念頭時，連自己都嚇了一跳，我以為這輩子的安全、美好，都是一點一滴「按表操課」奮鬥得來的成果，可是，按表操課，真的很重要嗎？

按表操課，到底好不好呢？

駝鳥飛天

國三那年，趁老媽到紐約半年，和陳心新決裂。沒有說明理由，就是怕她發現，我竟然放棄升學考，光做些考前特別沒意義的事，像是練琴、寫曲，花兩、三個月環島健行，連續在三、四個小村落住上一、兩個星期，靠山看星星，濱海聽浪濤，搞得驚天動地。

直到老媽回國後，一踏進屋裡，我那精心策畫的祕密計畫都曝光了。蹺掉大考，脫走軌道，還以為老媽會崩潰；離婚後完全管不上我的老爸，勢必被強勢的老媽海削一頓；意外分手後考得一塌糊塗的超級資優生陳心新，應該也恨死我了。

沒想到，世界完全不會照著我們想像的那樣旋轉。只晚一年，我又回到校園。後來在「音樂多媒體系統研究室」參與音樂處理、電腦音樂分析合成、多媒體系統、WWW 技術、數位音訊和影像視訊處理……這些「認真學起來就很有趣」的無趣工程。有些人叫我「音樂狂人」，其實，只是對我在讀書、音樂上花了太多時間表示「致敬」，我的本質，已經「狂」不起來了，算是澈底回歸到嚴謹而有秩序的「人生公務員」，一如從小到大老媽對我的訓練，按表操課。

老爸再婚後孩子還小，簡直重複了一次帶著我從小到大必須經歷的各種問題。老媽這下可露臉了，偶爾說幾句風涼話，提供一點不太派得上用場的協助，剛好可以炫耀一下她的「氣質」和「風度」。離婚後，兩個人說起話來反而貼心，真的誠懇建議所有出問題的婚姻，該面對就面對、該解決就解決，千萬不要說「為了孩子忍耐」，我看，最需要忍耐的，都是可憐又說不上話的孩子。

至於陳心新，那就更了不起了。曾經，我深深反省過，自己在處理分手問題時，拙劣到近乎沒有智商，沒想到，陳心新在三流高中畢業後，擠進一流大學物理系，跟著名牌教授做高能實驗，上大學後偶爾相遇，說起話來不慍不火，總是淡淡說：「饒了自己，也就寬容了別人。」

說得多好！不像她老妹，不小心在路上見到，眼睛就噴出火來，沒事兒還發個文：「倒楣極了！又遇到那個爛人。」做夢也想不到，「爛人」竟成為我的小暱稱。有時候在校園裡遇到陳心新，忍不住小小發個牢騷，她對妹妹在臉書和 Line 上面毫無節制的「行俠仗義」，沒什麼意見，光是淡淡笑：「我是個沒臉又無奈的人。」

沒有臉書，又無 Line，對她來說，彷彿就和呼吸一樣自然。看她比有臉有 Line 的人，多出一大把又一大把的時間，安安靜靜讀書，我忍不住笑，曾經，我們都不想走上「別人為我們安排好的路」，誰知道走著走著，我們自己所能安排的，到最後，還不都和別人安排的差不多？

老媽對我越來越滿意，生活上的限制變寬，給的零用錢又多，我就越喜歡和飛鴕一起混的日子。這傢伙很神！我的睡眠一向不多，和他比起來，他倒好像不用睡覺似的。我們合租個地下室，用全黑四壁為工作室定調，我試著加強視聽設備，偶爾做音樂、寫程式、架設販售網頁……，他去擺地攤、接Case，說好兩個人輪流發表，無論是詩、畫、歌、塗鴉、T-shirt標售、美術設計、商設包裝、裝置策展……每天更新發文，後來，我的作業越來越重，幾乎由飛鴕包辦了大半。

剛認識他時，總覺得很奇怪，鴕鳥是一種不能飛的鳥，退化了的小翅膀，只夠讓雄性鴕鳥在交配時展示，也用來讓小雛鳥遮陰，他偏偏要叫「飛鴕」。直到認識了他那愛作夢的媽媽，更覺得好笑，她拒絕算命筆畫那一套，因為兒子姓江，一定要叫他「一鴻」，一股腦兒相信寶貝兒子是江上飛過的第一隻鴻鳥，帶來奇蹟的訊息，真是文青的不得了啊！

誰知道，飛鴕從來不信她那一套。從四歲開始，一次又一次錘鍊出的唯一專長，就是「離家出走」。他遠離了「江一鴻」的唯美浪漫，很有計畫地規畫出鴕鳥的飛行地

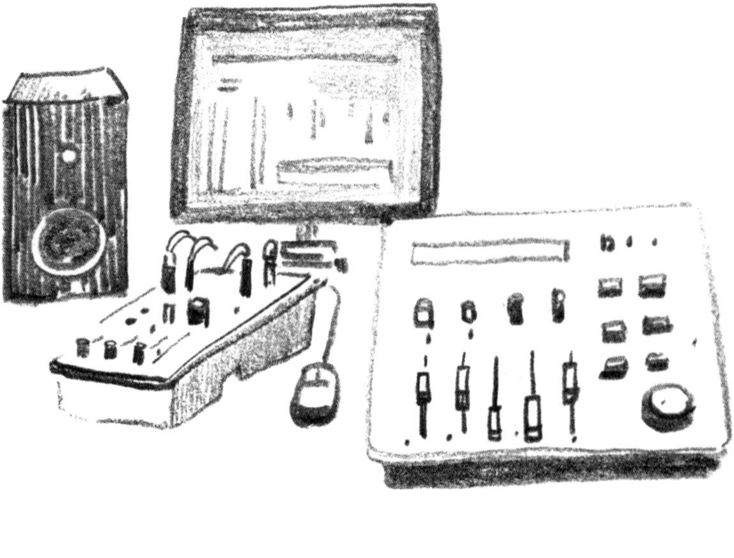

圖，好脾氣的媽媽管不動，只提出唯一要求：「無論如何，一定要領到一張高中以上的畢業證書。」

他勉強在二技夜間部註冊，所有的時間都用來設計、完稿、看展、策展。我們不容易見到面，但是，我特喜歡深夜相遇時的幾句閒聊：「你知道嗎？鴕鳥是『鴕鳥科』中的唯一物種，也是現存在世界上最大的鳥。翅膀的功能，不是為了別人想像的飛翔，而是保持身體平衡。善跑的鴕鳥時速可以到達每小時六十五公里，簡直可以靠自己飛起來。」

不被制約，永遠保持著行動力，靠自己飛起來，這多美！

光是聽飛鴕的傻話，我都恍兮惚兮，整個人燦爛起來。再平凡的生活，都能讓我相信，鴕鳥飛天，我們將跟著看見，星星發亮……

看見星星亮

新的年度剛開始，照理說，該打起精神，製造一些新氣象，但又因為農曆年快到了，倒有點萬般走到盡頭的慌慌然。學校的課業如常，朋友們也就都這麼幾個哈啦個沒完，心裡卻好像有什麼事要結束、要改變，或者有一些不確定的意外和挑戰即將發生。

習慣這時候躲到工作室。和飛鴕在一起，看著他在四壁塗得全黑的吸音牆面間，親自鍛燒出鋼管圓柱，每一個透空圓洞，裝載著美術設計、商設包裝、裝置策展，以及越來越受歡迎的潮T銷售平臺作品，成為充滿太空印象的展示櫃，我會忘記在校園裡遢來遢去的飄浮感，到了這裡，才生出仍然認真活著的沉靜和溫暖。

說真的，和飛鴕這個祕密基地，除了飛鴕老媽偶爾來打掃之外，三年多來，很少外人出現。沒想到，農曆年前，飛鴕忽然撿了個畫畫擺地攤的中輟生回來，輕描淡寫地介紹：「阿河。美術系念了一年半，完全不知道自己在做什麼，決定休學。」

啊，是怎樣啦？「離家出走」很踐嗎？還是這年頭「休學」啊「延畢」什麼的，莫名其妙的都變成流行？我堂妹才國中，法國交換遊學，延畢一年；我同學他弟高中考得不如意，到梨山果園去當工讀生，半年後才準備回來參加衝刺班；我們家的家庭醫師那寶貝兒子更奇怪了，頂了個雞冠頭在診所晃來晃去，隨時消失個幾個星期，沒人知道他在做什麼，光說是要體驗人生。

我真的不懂，想當年老媽赴美時，我花了多少力氣瞞著她環島創作，才算在自己的人生劇本寫下一個驚天動地的「意外」，怎麼現在這些亂七八糟的曲曲折折，變得這麼簡單，對自己的爸爸媽媽提起來，好像都理所當然？

「體驗人生啊！」飛駝一聳肩：「體驗到彈盡援絕，沒東西吃，也沒地方睡，就得把自己的未來想清楚。像阿河，搞純粹繪畫，除了成名暴衝，要不就一無所有，我滿喜歡他的畫風，讓他在工作室打地鋪。」

看起來，兩個人不太熟，飛駝想不出什麼好介紹的。倒是阿河有點不好意思，點點頭自我介紹：「打擾了。」

乾淨的聲音，讓人留下深刻印象，這種音質很適合進錄音室。難得的是，他有一種現代人少見的從容，講得白話一點，就是「氣質很好」，雖然借宿卻不窘迫，落落大方，簡單幾句就把自己的故事說完了。和我們一樣，都是爸爸媽媽過度保護卻又不想被保護的孩子，計畫休學一年體驗人生，讓揮灑的色彩更有生命力時，媽媽對他說：「無論你到哪裡學習，只要申請得到學籍，我們都會買單。如果沒有學籍，爸爸媽媽一毛錢都不會負擔，直到你復學為止，這是我們想要你學會為自己負責的方法。」

蝦咪？這也太誇張了！這樣，真的就學得會「為自己負責」？

「世界上，真的有很多種不同的爸爸媽媽」飛駝說：「別管這麼多，馬上要過年了，想團圓就回家，想復學就找學校，還沒想清楚就在這裡想清楚。」

這兩個人初相識，看來倒氣味相投，比我這個「工作室合夥人」更合拍。我戴上耳機，上網，把自己隔離出來，開始在荒疏很久的音樂部落格寫新文章。

和所有喜歡電影、關心奧斯卡獎的音樂人一樣，我們都喜歡先注意對應着奧斯卡「最佳音響效果獎」的「錄音師工會獎」，以及對應着「最

佳音響編輯獎」的「美國音響編輯師工會獎」（The Motion Picture Sound Effects Editors Guild Awards，簡稱「MPS E」），尤其是我一直在學習著的「最佳音響編輯」和「配樂音響編輯」。

很多人搞不清楚，「音響效果」和「音效剪輯」到底有什麼不一樣？其實，兩者的區別很簡單，音響效果競技的是拍攝現場的錄音水平，音效剪輯則是指「對已經收來的聲音的後期混合編修」與「創造根本不存在的聲音」。

寫到這裡，停了下來。我有點難過。快畢業了！還記得入學時剛加入「音樂多媒體系統研究室」時，夥伴們這裡、那裡，反覆叫我「音樂狂人」，我真以為青春無限，一定可以做出驚天動地的結果來，沒想到，走到最後，我們都不像原來想像的那個樣子。

噢，不是。飛駝還是很像他原來想像的那個樣子，只是鍛燒得更燦亮，像他精雕細琢反覆搓磨的黑晶展示櫃；不知道阿河到了最後，離他最初想像自己的那個樣子會有多遠？我呢？我曾經懷著什麼樣的夢想？希望自己是什麼樣子？我還可以怎樣搓磨、打造出我想要的未來？

農曆年快到了，好像有什麼事要結束、要改變，或者有一些不確定的意外和挑戰即將發生。不過，我明白飛駝說的，想團圓就回家，想學習就找方向，還沒想清楚就想清楚，至少，回到這全黑的工作室，我看見，星星在亮，慢慢不那麼心慌。

甜蜜的苦澀

遇見第一流的未來

沒有考上第一志願，大家都以為我會難過。其實還好。當然，能夠考上第一志願，還是我心中的「比較好的人生」，不過，我從來不抱怨。

放榜以後，媽媽和妹妹總是用一種咬牙切齒的誇張表情，咒罵那個「爛人」。隨著這些不知道被罵過幾百幾千次、而且越來越沒力的臺詞，慢慢地，那個人的名字，以及我曾經以為是「世界上最迷人的爛人」，或者是「世界上最刻骨疼痛的傷痕」，好像都變成無關緊要的鬧劇，越來越模糊，慢慢都不像確實發生過的往事。

認真追究原因，考不好，還是因為我的實力太差，控管不了自己跑野了的心。

一個真正有實力的人，一定得學會在理性與感性之間，找出最危險、但是也最需要堅守的那條最低「安全線」。像小心測定的「摩擦係數」。為了確定兩個固體表面的摩擦力，和正向壓力間的正比關係，當然得用心揣度滑動面的「材質特性」、「表層粗細」，以及可能存在的任何「潤滑要素」，另外，還要小心注意，隨時會被兩個物體間的「相對速度」強烈影響的滑動摩擦係數。

想起來真怪，做練習題時，我非常了解滑動面越粗糙，摩擦係數越大，卻從來沒有在真實生活裡，精確理解，原以為可以用盡全部生命能量去愛的阿志，心裡藏著這麼多不安因子；也看不到附貼在他溫柔討喜的表相外那種粗糙無能的人際互動；更不用說是以這麼迅急、激烈的相對速度，去靠近一個其實也害怕摩擦係數失控超速的「危險存在」。

第一次，在「國三重點加強班」見到阿志時，他那靦腆的臉顏、隱隱的酒渦，有一種奇特的力量，讓我在英文、數學、鋼琴、畫畫……的諸多第一名之外，體會到一種沒有任何原因的快樂。以至於當阿志遞給我那張「再見！不要再干擾我準備應考。」的潦草紙條，也以一種沒有原因的陰暗驚恐，一如海嘯，徹底淹沒了還自以為很幸福的我。

那種全面而又短暫的「理智短路」，可能是考前症候群症狀之一。只是，我一向在應付考試時非常輕鬆，沒有察覺到，潛意識藏在考前一百天裡的驚惶恐懼，一直在找機會鑽出縫隙，有時候，忽然冒出來的空虛，彷彿在心裡挖出一個大洞，有風，穿來竄去，涼颼颼的，我常常一陣冷，只靠著和阿志在一起的歡愉，點點滴滴，像嗎啡一樣，鎮壓著這些查不出原因的生理異狀。

現在回想起來，反而清楚地看出來，那就是我一直沒有什麼經驗可以對付的「升學壓力」。

為什麼才差兩個月，高一生可以比國三生聰明這麼多呢？我現在很確定地發現，這是因為「同儕環境差異」。在高中校園裡，我們有機會看到高二和高三的學姐、學長們，真實奮鬥、或者是不得已而敗德的生活內容；可是，國三時，我們眼睛裡只看到幼稚的學弟、學妹們，還自以為很成熟地「裝老」，活在一種扮家家酒似的幼稚狀態。

這就是長大的好處。

上高中以後，我們不只在固定的範圍裡認真讀書，校裡校外加進很多活動，科展，班聯會，各種競賽，國際聯誼、交換學生計畫……還有很多沒有範圍的考試科目，在不得不瞎猜的過程裡，還真的學會了怎麼「思考」。這段時間，其實就跟剛上國中時一樣，總是搞不懂，為什麼才差兩個月，國一生就是比小六生厲害這麼多？

現在當然搞清楚啦！同儕環境差異嘛！整天看著小學生的打打鬧鬧，

還能奢望小六生成熟嗎？難怪小學生一跨進國中就嚇傻，高競爭壓力的分數和名次，以及隨時面臨變動的友情考驗，真不是小學生可以理解。

可是，那時候的我們並不知道，這驚天動地的劇變，到底是怎麼一回事？每一個好好活到國中畢業的孩子，真是謝天謝地，有夠好運。

和很多從此以後不再純真、不再快樂，不再相信任何關於「愛」和「信任」的倖存者比起來，我不過是在大考時摔一跤，還因此幸運地理解了萬事萬物難以掙脫的物理原理。

考進數理資優班以後，我不再像國中那麼在意名次，開始以一種超齡的眼睛，埋進精密的實驗裡，觀察自己的夢想。從二十世紀初「拉塞福模型」提出來的原子假設，帶負電荷的電子，像行星圍繞太陽運轉一樣，圍繞帶正電荷的原子核運轉；到「波耳模型」，進一步解釋了高、低能量軌上的電子游動；一直到一九三〇年，保羅‧狄拉克出版《量子力學原理》，將量子力學最重要的基礎，嚴謹地公式化，確立量子系統中的三個主要部分：內在的量子態、外在的可觀察量，以及預見發展趨勢的動力學；又區別出「對稱」這個重要的物理特性；而後，冷靜而又熱情的物理學家，在不斷的研究、推翻與修正中，推衍出越來越細膩，同時也越來越遠大的物理真實。

描寫微觀物質的「量子力學」，與「相對論」一起被視為現代物理學的兩大支柱。

很多人都說，許多物理學理論和科學，如原子物理學、固體物理學、

核物理學和粒子物理學，以及其他相關學科，都以量子力學為基礎。其實，不只是科學，生命現象種種，無一不是物理學。無論是小六跨進國中、國三跨進高中；或者是高三跨進大學、大學跨進研究所；甚至是從校園跨進社會，我們再也不是最初以為那樣，繞著「愛」、「道德」、「利他」……這些原以為永遠不會變的價值，像原子固定繞著原子核打轉。

我們不是人類所能探測的「質子」、「中子」、「電子」、「光子」這些基本粒子，甚至也不是現代科學研究切割得更精細的「夸克」和「膠子」，而是不斷變動的量子場，在非常短的時間間隔，以及非常小的機率下，發生各種相互作用，彼此可以間接探測到各種量子漲落。

確定以「量子力學」為研究主軸的我，終於，從「接受不斷變動」的這時候開始，在一個三流高中，清楚地遇見，第一流的未來。

Mr.
Impossible

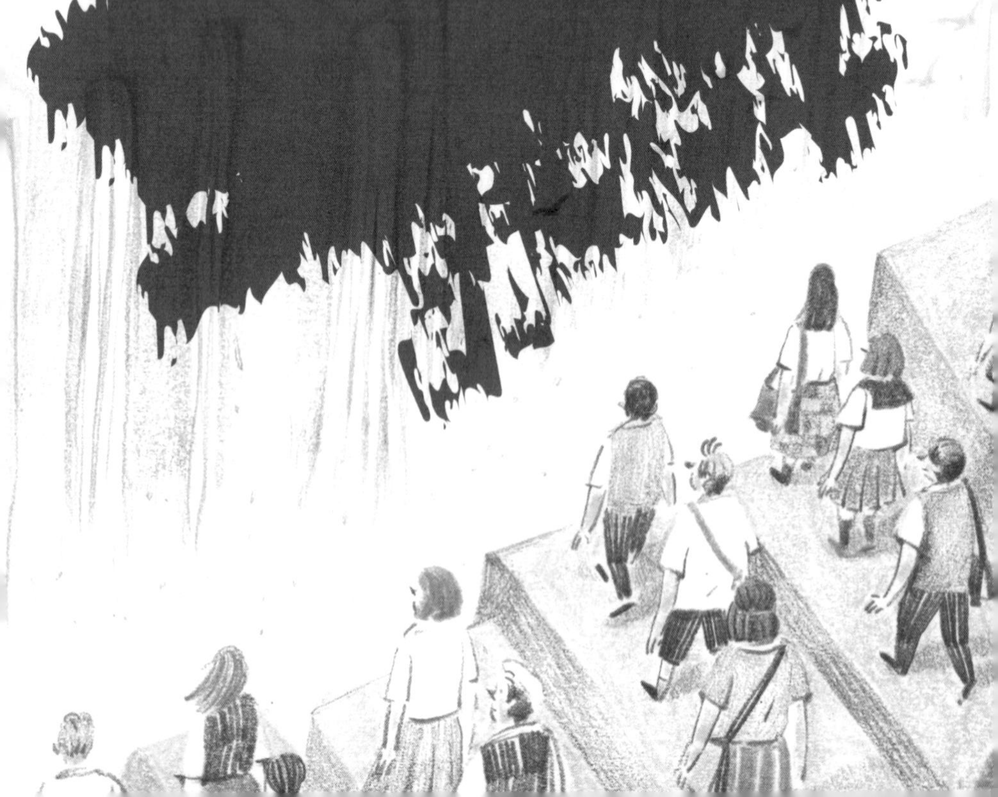

遠遠地，我看見姊姊踏進7-11，穿在她身上的新制服很好看，可惜不是她一直夢想的「小綠綠」，陪在她身邊的同學，也不是大考前讓她大哭又大笑的那個「世界上最迷人的爛人」。

姊姊最傻了。沒有人想像的到，這麼聰明的孩子，談起戀愛來也會變傻。從小學一年級到國中八年級，一直維持著完美形象的姊姊，無論是英文、數學、鋼琴、畫畫……總是讓老師們覺得很驕傲，驕傲到在我上小學一年級時，每個老師都希望我可以像姊姊一樣，什麼都好。每一天放學後，不同的老師會留下我問：「這麼簡單的題目，陳心新不用想都知道，你怎麼不會？」

我就這樣被捲進一個超恐怖的叫做「陳心新的妹妹」的透明罩裡，沒有人看見我，只看見姊姊。

多年來，幾乎讓我窒息的稀薄空氣，終於讓我練出一種特殊的「武功心法」，就是隨時提高警覺：「絕不跟姊姊一樣」。姊姊穿過的衣服，我不要穿；姊姊喜歡的運動，我不喜歡；姊姊上過的補習班，我不要去；姊姊最喜歡的才藝老師，我絕對不選；就連姊姊常去的 7-11，我寧願繞遠路到別家超商買東西，也不想和姊姊一樣被同一個人「歡迎光臨」。

爸爸、媽媽都說我太神經質了，簡直矯枉過正。嘿嘿！他們不知道，我因為練成「絕不跟姊姊一樣」的獨門武功，變得比以前快樂太多了。

當姊姊在「國三重點加強班」裡，不顧一切地談起戀愛，根據我的練功心法，我開始不斷加強自己的堅強信念，絕對、絕對不要喜歡上任何一個男生。因為，我才不會像姊姊一樣傻，在國三時「誤入歧途」，為了一個現在已經說 Bye-bye 的男生，錯過大家都相信她一定會考上的「第一志願」。

「不要喜歡男生。」沒事的時候，我就這樣自言自語，鍛鍊自己的意志力：「絕對、絕對不要喜歡上任何一個男生。」

「喜歡男生」像一種瘋狂病毒，從我上國中後就不斷在我身邊蔓延。真的超恐怖。從小在我們家和我一起寫功課的小雪，上了國中就改到男同學家「研究功課」，說他會教她數學，不知道是真的還是假的？最喜歡在星期天睡懶覺的死黨，居然清晨五點也起得來，盛妝打扮，轉了兩趟公車，千里迢迢去參加學長的校慶活動。

說到補習班的同學，又更浪費錢啦！好不容易麻煩大人接送到冷氣教室裡，也不好好聽課，光是在筆記簿裡塗塗寫寫，重複著一些不知道是新詩、是歌詞，還是莫名其妙的胡言亂語，像：「面對你，讓我頭不知往哪裡低，讓我的眼睛不知往哪看去」、「不管遇到什麼爭吵，最後你都會給我一個微笑」、「我想離開這裡，離開你的天空。每當我收好行李，重新整理好心情，要踏出去的那一步，你卻站在那裡，我哪裡都不能去」……

還有更不切實際的呢！喜歡那些遙不可及的歌星、明星，根本就不存在的電玩角色，連一些三三八八的節目主持人，也可以讓她們狂熱到蒐集雜誌、剪貼新聞、護貝照片，還捨棄下載，奢侈地買正版CD、DVD、海報，犧牲睡眠也要沉迷於網路，追蹤他們的最新消息。

不行！我絕對、絕對不能變成這樣。每天晚上睡覺前，我都很慶幸，「喜歡男生」的病毒，仍然被嚴密阻絕，我還健康活著。我用元氣淋漓的聲音，在臨睡前為自己堅定洗腦，不想和大家一樣，不能像姊姊，絕對、絕對不要喜歡上任何一個男生！

我這樣認真防疫，杜絕「喜歡男生」的病毒，竭盡所能保持心理健康，大家卻說，我這樣才是天大的不健康。小雪說我神經兮兮，大驚小怪；死黨更忙，一邊投訴學長，一邊還要變身心理分析大師，說我越是抗拒就越擋不了誘惑；無論是學校或補習班的女同學，不斷更替著聽起來很像、又覺得有點不一樣的「男生話題」，這些感染發燒現場，我都插不進去。

每天只剩下坐在我斜後方的阿歡，可以說說話。阿歡這個人看起來冷冷的，並不特別喜歡男生、也不特別排斥女生，不會熱烈地迷這個、說那個，也許他覺得我沒什麼親密的女性朋友吧？所以難得地對我「表示友善」。無論我提到什麼功課或生活上的感慨和疑問，阿歡都把它拆解得很簡單，說起來淡淡的，聽起來卻很好笑。可是，他實在長得太好看了，簡直就是「喜歡男生」這種病毒最喜歡「借道旅行」的高風險媒介體，有一些病變宿主就喜歡瞎起鬨，說阿歡和我有點什麼？

哎呀！這根本就小看我的「抗毒心法」，也太不了解阿歡了。我常說阿歡是「Mr. Impossible」，不可能鬧緋聞的啦！彷彿他是個絕緣體，那些「迷人放電型」的女生，張著大眼睛眨呀眨地向他示好，他都無動於衷，連我這種「潔身自愛型」的女生，也只有問問題時他才說話，只差一個投幣口，否則真像個「百科機器人」，分不出是男生還是女生。

第一次段考成績一公布，把我嚇了一大跳，阿歡校排第一，沒想到他讀書這麼輕鬆？擠在他身邊問功課的女生變多了，阿歡雖然冷冷的，解說功課倒是清楚而深入，這樣一來，下課時我們就不太容易說上話。

後來，「國語文競賽」各項第一名一出現，各班老師根據專長，各自分配到責任額，負責訓練學生參加市賽，得有機會，再擠向全國大賽。全校作文比賽第一名的阿歡，讓指導老師大大露臉，他是市賽冠軍中唯一的七年級新生，一下子轟動全校。

所有的老師都開始注意阿歡。音樂老師發現他姊姊是鋼琴演奏家，因為是醫生世家，他們家的小孩不是醫生就學音樂，所以也積極替阿歡報名全校鋼琴大賽；生物老師在阿歡為同學們解說功課時，不斷強調他在「整體邏輯」和「清楚條理」方面有驚人天分，安排他參加科展。

阿歡越來越忙，有時候就逃學。我同情他，就好像看到小時候我待在「陳心新的妹妹」這樣的透明罩裡，有一種無所遁逃的無力感。

常常逃學、偶爾才回來上課的阿歡，第二次段考成績公布時，還是校排第一，這一來，不只我叫他「Mr. Impossible」，全校都知道他就是「Mr. Impossible」，不可能先生，擁有不可能想像的卓越與優秀。

「喜歡男生」這種病毒發作時，會激發出驚人的幻想力。我開始在所有被感染的女生嘴巴裡，聽到各種最好、最美、最出色的橫溢天才，全都變成阿歡的配件。

我當然不喜歡男生。只是，和阿歡再也說不上話以後，我常常遠遠地看著他，回想起剛開學坐在

阿歡斜前方的我，一回頭，隨時都可以聽到他簡單又有趣的「生活解謎」，每一次回顧他說的那些話，甜甜的心裡，不自覺湧出一種酸酸的疼痛。

有時候，我在浮起笑容同時掉下眼淚，然後，我想起姊姊國三時又哭又笑的那種神情。我不知道自己怎麼會變成這樣？只能在臨睡前，一次又一次加重了聲音，堅定自己的信念：「我不想和大家一樣，不能像姊姊，絕對、絕對不要，喜歡上任何一個男生！」

不能喜歡男生！我不要，不要被「喜歡男生」這種恐怖病毒寄宿。才剛下定決心，腦海裡忽然浮起阿歡那張美麗而溫柔的臉。離我越來越遙遠的他，再不可能像從前那樣陪我說話，澈底地，成為我生命裡的「Mr. Impossible」。

等一封信

我老爸是立法委員，這樣你知道了吧？我不太有機會，在學校做一個平凡的學生。

大家都知道，我們會受到特殊禮遇，問題是，沒有人知道，成為「特殊分子」，不是每個人都受得了的。我老姐很幸運，從小到大，輕鬆扮演著一個快樂、自在的特殊分子。她喜歡司機接送，不必浪費時間去擠學校的交通車繞來繞去；她喜歡老師們把她當公主，讓她在安排活動時，多一點自由；她不覺得這樣很刺眼，被排擠時，反而慶幸同學們都別來煩她，她就可以有更多時間讀書，實現她的「遠大志向」。

我這個特殊分子，當得就很辛苦。從第一次月考以後，成績一直跟不上這個標榜高升學率的私立貴族學校，一下子凸顯出同學們模仿大人掛在嘴邊的「特權」，好像走過成績好的同學身邊，都會傳來一陣冷風，每一天我都想哭。

我們這些可憐的小孩，哪有什麼決定權呢？出生做我爸爸的女兒；看著老媽對學校名目繁多而又數目龐大的捐款紅榜；不會讀書卻選讀這種幾乎靠「縣長獎」獎狀才申請得到的私立學校……這些都不是我自願的。我像是學校裡多出來的遊魂，每天飄來飄去，有時候到學校上課，有時候不去，反正誰都不敢找我麻煩，要找到老爸老媽更不容易，找到他們的時候又急著提出各種請求，誰都沒心情想到我缺課的事。

大部分的曠課通知，都是我自己一個人在家裡接到的，塞了一大疊在抽屜裡，老媽很民主，從來不曾翻過我們的抽屜。不去學校其實也沒什麼大不了。問題是，我又不像班上鼎鼎大名的「Mr. Impossible」那樣，他常常缺課，成績還那麼好，更奇怪的是，他每天都有很多地方去，一點都不會覺得無聊。

有一次，我跑到西城萬年廣場，急著去找傳說中很好玩的卡漫專賣、吸血鬼、羅莉塔……事實上，傳說都被誇大了，這裡根本就不好玩，每條街都窄窄暗暗的，穿來錯去，繞得我心慌慌的，每一個錯身而過的人，看起來都可怕，幸好被突然出現的阿歡拉了出來。

一發現是阿歡，我幾乎吸不過氣來。這個幾乎沒有人不喜歡他的 Mr. Impossible 拉著我，走出暗巷，走向公園，樹好高，陽光好溫暖，我大口地吸了幾口空氣，天哪！居然覺得自己昏去又重新活了過來。阿歡說：「你是乖女孩，以後不要再到這個地方來了！」

「小學六年級快畢業時，低年級教室前有一個個子特別小的孩子抬便當摔倒，打翻一個飯盒，除了被同學揍了一頓之外，他的飯盒也被搶走。

這孩子很懦弱，什麼都不敢說，肚子又餓，光知道蹲在地上哭。」耳朵邊聽著阿歡說話，一顆心卻咚咚咚咚地跳起來，彷彿魂飛魄散，不知道從天上地下什麼地方，繼續飄來阿歡的聲音：「我從校外回來，剛好看見你蹲在地上哄他，還把自己漂亮豐富的飯盒送給他，這孩子一看到有飯吃，立刻就笑了，那時我就覺得你真好。」

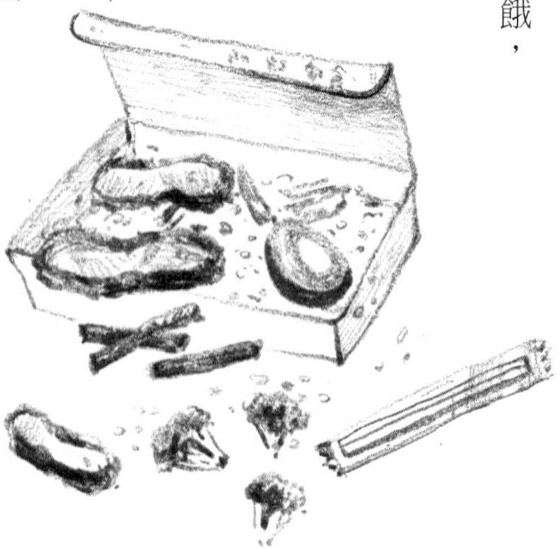

「真的嗎？我怎麼一點都不記得了？」我很吃驚。阿歡淡淡說：「你當然不會記得。那時候的你，每天總會有人替你送便當，有牛排，有漢堡，有高級壽司……變化好多，可是你常常不吃，有時候一整盒都倒掉，也許你拿給那小孩的飯盒，原來也打算要倒掉的吧？所有才沒有印象，但是，我還是一直非常感激你，因為，那小孩，是我弟弟。」

哇！原來我曾經為阿歡做過這麼偉大的事，連我自己都不知道。我還傻傻地高興著，阿歡只叮嚀我以後不要在外面亂逛就離開。可是，不去「外面」，又不去學校，我還可以幹麼呢？還記得吧？我說過，在我們班上，我是個多出來的遊魂，就算和最要好的死黨小瑤，也只敢在考完大考的一、兩週裡，和她逛逛街、看看電影，其他時間，我知道她要讀書。

她很聰明，一定會考上北一女。我真的希望她考上北一女！因為，我們班很少有這麼好心的同學，從坐在我身邊的第一天起，就常常用很簡單的方法教我數學、教我英文。其他成績好的女生都很凶，只要我不小心笑得太大聲都會被瞪，幸好，在學校也沒什麼事可以讓人笑得出來。

小瑤在為她的北一女奮鬥，阿歡一邊逃學還可以一邊維持第一名。那我呢？只能看電影、看電視，要不然就上網。很多同學喜歡流連在社群網站，但是，很少人給我按讚；如果徘徊在陌生人群，我打字速度很慢，不到幾分鐘就被唾棄，常常一個人掛在那裡，很久都沒人理，像忘記穿泳裝還光溜溜留在游泳池邊的醜女孩，說有多難過就有多難過。

我不喜歡即時訊息，沒有 Line，喜歡躲在電腦裡寫 E-mail。在茫茫網海裡，搜尋著芬蘭、北極、聖誕老公公的故鄉，以及各種有可能處理聖誕老公願望的郵箱，一遍又一遍，一封又一封，不斷寫信給聖誕老公公。

我的要求不多，並沒有貪心地想「要一個好腦袋」，只要「借」我幾個月就好，等我考完大考再說。每一天我都在等待著，說不定會有一封回信。請不要提醒我，世界上怎麼可能會有聖誕老公公？只要有傳說，有帳號，當然就會有代理人，無論是誰，無論回覆是什麼，我只能一直一直等待，等一封誰寫來都可以的信。

都說這是一個電子時代，信已經消失了。國文課已經不教「寫信」這件事，沒臉（Facebook）無奈（Line），很難混下去。大家拿著手機，看一堆不相干的人重複傳送著影片、圖檔、笑話和謠言。其中，有一個小影片，跳出一堆漂亮的蛋，圍著一個「特殊分子」，驚慌失措地爭相走告：「天哪！他有毛。」

沒有一顆蛋知道，那是奇異果！

這顆可憐的奇異果，就像我。寂寞地站在美麗而潔白的「資優蛋」之間，永遠孵不出小雞，只藏著還沒有人發現的營養和芬芳。

偶

球一彈到手上，我迅速抓住球，騰高跳起，「唰！」地一聲，又是一顆二分球從天落下。

眼角一掃，我看見小夜嘟起嘴，不到三秒鐘，卻又彎起眼睛笑開來，我也跟著笑。不是得意，也不是榮耀。說真的，和一個身高只有154公分的小女生打球，也沒什麼好驕傲的，我只是很喜歡看著小夜笑。

小夜真的很可愛。明明這麼嬌小，卻喜歡跟高大的籃球框對峙，我常常看著她那小小的身影，在球場上來回穿梭，持續追逐那顆籃球，她說她在玩籃球，我寧可翻譯成籃球在玩她。她常常帶著歡愉而自由的笑臉，繞著球場，轉著不可預期的小圈圈、大圈圈，圓，橢圓，S型來回折繞的圓……像小小的音樂偶，在球場上翻飛，彷彿我都可以聽見，繞逐在她身邊歡愉的樂音。

不需要任何原因，我都覺得很快樂。

不知道從什麼時候開始，媽媽常說：「誠誠啊！你快樂嗎？小時候這麼皮的孩子，怎麼一長大，就變得這麼不容易笑？」連舅舅也跟著叨念：「誠誠，不必這麼老成，還可以更任性、更快樂一點。」

我從來就不覺得，任性會等於快樂。從小，我們幾個住在外公家附近的表兄弟，幾乎都以外公家為「根據地」，沒日沒夜，或者應該形容成無法無天地玩在一起。外婆很寵我們，舅舅擔心到緊皺著眉頭發愁：「不給一點顏色瞧瞧，這些孩子，長大都要作姦犯科，我們得去少年監獄探親了。」

孩子們愛玩，舅舅看了頭痛。事實上，我們當然不至於要淪落到少年監獄去，只是因為爸爸工作很忙，大半時間，都是靠舅舅帶著我們讀書、遊戲、出門玩，六、七個孩子擠在一起，人太多，跟著問題也多。那時候，以為只是瞎起鬨，好玩嘛！沒想到，大家一喳呼，就一起擠進Nike專賣店偷了雙鞋，小表弟落了單被抓到，差點鬧進警察局，外婆瞬間褪白了臉，舅媽直哭著說要去尋死。

一向謹慎、小心的我，從那時候就學會，盡量不要替大人惹麻煩。看著這麼多表兄妹和大部分的同學，折騰著爸爸媽媽接送補習；總是為了成績單上的一、兩分差距，生氣、傷心；還要在大考還遙遙無期以前，就開始煩惱起「落點」啊！「PR值」什麼的，為了讓媽媽放心，我總是對媽媽保證：「不要緊張，考試只要都讀懂了就好，不一定要前三名，我一定可以考好。」

在爸爸、媽媽不知道的時候，我經常夜讀，從來不敢輕易放鬆。讀書讀得太緊繃的時候，我習慣靠打籃球平衡情緒。也許這樣反而太耗體力，夜裡一陣膝蓋痛、肩胛痠，有時竟然痛醒，我總是壓低疼痛時不小心發出來的聲音，以免吵到爸媽。

大家都說我很乖。我總覺得，好像有一些固定的絲線，鎖緊了我的應對進退，像人生的偶，所有的戲碼都注入標準作業程式，我一直小心做好所有應該做的事，讓家人、朋友、老師、鄰居，以及所有愛過自己、為自己付出過的人安心。

我以為這樣就叫做快樂。

直到在籃球場上，發現無論我們在練投或搶攻，我們班的副班長小夜，總帶著甜甜的笑臉擠了進來。她長得美，舉手投足又帥氣得不得了，屬於那種「不管講什麼、我們都不可能對她生氣」的陽光美女。只可惜，她的球打得糟透了，一但比賽，誰都嫌棄她，她卻表現得這樣倔強，一定

混在我們中間，搶球、撞人、打手，一步也不願意讓開。

有一天回家前，小夜突然叫：「喂，誠誠，你成績這麼好，不需要晚輔吧？國三的考試，實在太多啦！更需要平衡身心，每天教我練一小時球好了，當作運動。」

她這樣毫不避諱，同學們都在賊賊偷笑，輪流捶了下我的肩，一溜煙各自跑光。我站在球場上，一時說不出話，只聽到自己的心跳聲，如雷震震，竟覺得整個耳朵都燒了起來。小夜越是顯得興味盎然地，一會兒盯著我的耳朵，我想耳朵一定漲得通紅；一會兒又盯著我的眼睛，讓我不知道該把眼睛往哪裡藏；一會兒又盯住我的手，點了點頭笑：「嗯，真是一雙修長而適合彈鋼琴的手，怪不得，籃球到了你的手上，就有了生命，像帶著節奏似的。」

話未說完，她的球忽然往我身上砸來。我本能地接起球，跳轉身，回頭往球場跑開，小夜追上，在相互截球的短短幾分鐘裡，我好像忽然變聰明，清楚地看見小夜打球的問題在哪裡。對於我的解說，小夜一直沒有花太多耐性去理解，只是習慣依賴著我陪她練球。

她在和我對打的過程裡，不斷增生出種種限制，諸如她可以犯規、可以打手、可以帶球跑；我必須在她畫好的好遠好遠一條線外，才可以投籃……這麼多規定，我從來不覺得委屈，只捕捉到隱隱約約的幸福，因為是她局限我。

如果我是人生劇場裡的偶，我寧願握著「線的另一端」的那個人，是小夜。不知道為什麼，只要她出現在籃球場上，我覺得特別快樂，我們笑，我們流汗，我們不需要說太多話，只是練球。

一直到畢業，和小夜最深切的認識，就只是練球時，說上一兩、句話而已。任何時候在班上，一碰到小夜的眼神，我就急轉開，完全不知道該如何回應；然而，我又不能自主地偷偷張望她，如偶，附屬於一條不能切割的線。有時候，我低下頭，看著自己手背連到手腕上的青筋，忽然想起小夜打手、搶球的瞬間溫度；有時候，抬起頭看著悠悠浮雲，每一片雲影都讓我想起她那打得不怎麼樣卻讓我百看不厭的投籃身影……

也只有這樣而已。要不然，又能怎樣呢？升上國三，每一天白板上的應考天數都在倒數，除了讀書、考試，我們從來沒有多餘的選擇。

也許在籃球場上奔跑時，我們以為自己綑縛於汗水、陽光、友情、愛情和未知的夢想，隨著命運絲線在賣力演出，只可惜到最後才發現，我們只是一次又一次由考試操縱著的偶。

25

分離前的約定

「媽媽，你最喜歡哪一顆星星？」和誠誠一起趴在病房窗臺上，看著滿天的星子時，誠誠忽然回頭問，亮亮的眼睛盯著我，嘴裡綻著一朵開心的微笑。我一時說不出話來，只覺得好心碎，這麼美、這麼乖的孩子，為什麼被命運安排在這裡？他倒是容色沉靜，輕輕又問了一次：「媽媽，你最喜歡哪一顆星星？」

我想起小時候他也是這樣，張開雙手，在我們帶他散步的夜空下，大聲地問：「媽媽，你最喜歡哪一顆星星？媽媽，你喜歡風嗎？喜歡我嗎？」

當然，我最喜歡、最喜歡誠誠。很小很小的時候，誠誠剛上幼稚園不久，老師訓練這些小小孩「演講」，邀我們到學校分享，連老師都不知道，誠誠居然把每天晚上陪他睡覺的小猴子扛在肩上，一本正經地在臺上說：「老師好，同學好，各位來賓大家好，我是小猴子的爸爸，我要演講的題目是——最喜歡。」

老師驚訝得張大了嘴，臺下家長全都笑成一團，那時，我是多麼的驕傲，這個可愛的小小孩，是我最心愛的寶貝。他總是在小小的地方，帶給大家驚喜。上了小學的母親節前，誠誠存了五塊錢，特地買了兩顆染上各種顏色的「金光糖」，用衛生紙裹成一團送給我，當我一層、一層剝開握在掌心裡慢慢融化的包裝，黏黏的、甜甜的，我的心也黏黏甜甜的，像浸在蜜裡，這孩子，不需要任何包裝，他自己就是一個最美好的禮物。

和所有的表兄弟玩在一起時，舅舅也最疼誠誠。這孩子真老實！他常常這樣說。

家裡的老人家都寵小孩，只剩下這個舅舅在「維持秩序」。孩子們嫌他太凶，常常故意和他作對，有一次，剛買回來的 Pizza 打開後，有一片掉在地上，大家撿起來爭著送給舅舅吃，只有誠誠張大眼睛，東轉西轉看了看表兄弟們，有點緊張、又有點無可奈何地說：「阿舅，那一片Pizza掉在地上了，不要吃。」

孩子們都生氣了，有一陣子不理誠誠。誠誠什麼都不說，怕舅舅又去「處罰」大家。連我這個做媽媽的都不知道，從什麼時候開始，這孩子已經學會體貼，處處替別人設想。

他這樣乖巧而貼心地長大，當其他媽媽忙忙碌碌接送孩子補習，為孩子的成績生氣、傷心、擔憂的時候，誠誠總是說：「媽媽，不要緊張，考試只要都讀懂了就好，不一定要前三名。」

他沒有補習，自動安排讀書時間，還有多餘的心力，打籃球紓解壓力，陪我照顧陽臺上的小花園。當鄰居、朋友、他舅舅，以及學校老師都不斷在提醒我，多注意孩子的「落點」啊！「PR值」什麼的，誠誠還是笑著說：「放心啦！我會送媽媽一個最好的禮物。」

放榜時，我真的收到最好的禮物了。誠誠考上第一志願。他舅舅第一個放鞭炮，反覆只跟我說：「姊，你命真好！無憂無慮地，輕輕鬆鬆得了個這麼優的好孩子！」

誰都說我命好。爺爺、奶奶、親戚、朋友們計畫要送禮物啊聚餐什麼的，誠誠都拒絕了，他淡淡說：「媽，什麼事情都是命運給的禮物，我們只要在心裡謝謝就好。」

這，這是什麼話啊？我養出什麼兒子啊！故作瀟灑得太誇張了，我就不相信，他心裡不興奮嗎？

就在誠誠讓我風光了三個多月後，聖誕節前五天，我提早，收到了命運送來的聖誕節禮物。下午一點多，昏昏欲睡的時段，接到學校電話通知，誠誠在打籃球時忽然昏倒在球場上，已轉送醫院，立刻，整個人不得不清醒。

趕到醫院，情況越來越複雜。連著幾天，精密儀器的檢查越做越細，我開始驚慌，不是只是昏倒嗎？常常在電視、電影裡表演得很尋常的情節，怎麼換到誠誠身上，就變得這麼不確定了呢？心好亂，不太能夠思考，只剩下孩子的爸爸和醫生們不斷在溝通、討論。彷彿聽到一些零碎的字句，什麼骨癌的成因啊！可能與骨頭的過度生長有關，或者慢性炎症刺激、代謝毛病，也可能是放射線，他們，他們到底在講什麼啊？

聖誕節當天，孩子的爸爸嚴肅地握緊我的手，盡可能放慢了聲音，努力想讓我明白：「誠誠，確定骨癌。我們要作好準備，他，可能剩不到三個月。」

什麼？我不明白，這話，到底是什麼意思？腦子裡還亂亂轉時，眼淚不停不停地流，舌底苦苦的，反覆冒出誠誠講過的話，什麼事都是命運給的禮物，只要心裡謝謝就好？為什麼，為什麼還要說謝謝？

誠誠再沒有回到學校。同學們輪番來看他，還有個叫做小夜的女同學，來得特別勤快，他只是笑了笑，一句話都不說，來過幾次，他就讓我轉告小夜，別再來了。

住在醫院，是不是第一志願，誰家的誰很厲害，什麼比賽成績快要揭曉了、我的誠誠寶貝是不是交女朋友了……這些從前都以為天一樣大的事，已經都不重要了。我一直不明白，這個病為什麼這樣來勢洶洶，一迸就靠近終點？醫生小心選著用詞，努力想讓我好過一點：「可能孩子不想

讓你擔心吧？原發性骨癌很常發生在十幾歲青少年身上，剛開始會覺得膝痛或肩胛痠，常運動的孩子，都以為自己只是太勞累或運動傷害，很容易就疏忽了。」

應該是這樣吧！誠誠不想讓我擔心。我開始反覆想像，無數次他在夜裡無助地痛，卻因為不想讓我擔心，只能一個人忍著。這樣的想像，幾乎讓我崩潰，而誠誠仍戴著那張純真燦爛的笑臉，小心補綴著我破破碎碎的心，他的聲音，一如童年時那樣乾淨：「媽媽，你最喜歡哪一顆星星？」

我抿住脣，用力又用心地還給他一個微笑，就選那顆最遠最亮的星吧！

「噢，天狼星！媽媽好聰明，那是夜空中最亮的恆星，靠近過年時又特別亮。」誠誠笑得好從容、好有自信，就好像接下來講的每一個字，都是真的：「媽媽，我和你約定，我以後就住在那裡。任何時候抬起頭，你都看得到我！每一年靠近過年，記住唷！我就在那裡，和你一起過年。」

三天後，誠誠離去。我一直不肯相信。這三天，他的臉色這麼紅潤、聲音這麼開朗，每一天過得這麼快樂，可是醫生說，這只是迴光返照。

很多年都過去了，我一直記得，誠誠離開時，剛好在農曆年前一天。因為這孩子和我約定，在天狼星裡，一起過年。無論黑夜多森多冷，一抬起頭，我看見天狼星，耳朵裡彷彿還聽得見，誠誠的聲音，以及飄蕩在星空裡，如恆星般永不消失的，遙遙的約定。

流離的金陽

你幸福嗎？

你幸福嗎？有什麼辦法，或者，可以拿出什麼證據來確定，一個人到底幸福或不幸福呢？我們導師最喜歡讓我們做各種心理測驗，以為這樣就可以了解我們的幸福程度。

我不知道自己幸不幸福，但是，我很確定，我很幸運。這些幸運中，有很大的原因是，我剛好有一個很不一樣的老媽。當我們班同學都被限定在一個禮拜只能玩一個小時電腦，了不起的，一個禮拜通融玩個兩、三小時，誰都羨慕我，除了約定「必須維持班排前十名」、「考前一週不准打開電腦」之外，我老媽隨便我埋在電腦裡，有時候還洋洋得意地炫耀：「我們家，出了個電玩冠軍小子。」

前些天，隔壁王媽媽、李阿姨和幾個不認得的鄰居來，她代替大家提問：「什麼叫做 RPG 遊戲呢？」

看著這麼多雙熱情又期盼的眼睛，嬝美記者會現場，一時，真給它忘記我是誰。我清了清喉嚨才說：「這個嘛！RPG 遊戲就是由玩家扮演遊戲中的一個或數個角色，有完整的故事情節。」

「什麼是玩家扮演哩？」嗓門很大的王媽媽一出聲，我嚇一跳，瞬間從光鮮記者會幻象回到現實，想辦法對這些「電玩文盲」解說：「ㄟ，玩家扮演，很容易和冒險遊戲搞混，其實呢！要區分也很簡單，RPG 遊戲強調劇情發展和個人體驗，AVG 就很強調解謎過程。」

漂亮的李阿姨，張著一雙好像「什麼都懂了」的眼睛，對我溫柔一笑：「噢，就是那種在平地上出現很多人物，你變成那個人，一步一步走，可以選擇移動、攻擊、防禦……的那種遊戲嗎？」

「不是，不是！那個叫做 SLG，模擬遊戲啦！RPG 是角色扮演，ACT

是動作型遊戲，加起來就是ARPG，動作角色扮演；還有啊！STG是射擊，SPG是運動，TBG是牌桌遊戲，PZG是益智解謎……」

「好啦，好啦！趕快上樓去打電動！」老媽知道大家被這一連串「什麼G」、「什麼G」炮轟，頭都快炸開來了，趕緊推著我離開「肇事」現場。我才解釋到一半，怎麼可能輕易放棄呢？一邊上樓、一邊還回頭「毀」人不倦地繼續：「冒險遊戲叫AVG，賽車叫RCG，格鬥叫FTG，其他乾脆就叫ETC，很簡單吧？」

「很簡單吧？」我停在樓梯口，環視大家，重新又加強語氣再說一遍。只可惜，我們這些國中生，真的很寂寞，就這樣不被了解地轟上樓，遠遠地還可以聽見細細碎碎的取笑聲：「還是吃雞最簡單啦！」

將來等我當了老爸，實在沒時間陪我兒子RPG時，非得找一個腦筋好、反應快的好太太不可。我可是立志讓她帶著我兒子，打進世界電玩冠軍賽去。這樣，我兒子就不會像我這樣，雖然有一個很不錯的老媽，卻還是白白浪費了一個珍貴的童年。

就像我老媽愛看「梁祝」，無論是歌仔戲、連續劇，或者是百看不厭的電影，不但陪外婆重看老版黃梅調；自己愛看稍微老的楊采妮，後來又喜歡武俠梁祝，總說吳尊有一種靦腆的樣子、陽光的樣子、好孩子的樣子……什麼好的形容詞她都用遍了，卻聽不進我說的，胡歌演的馬文才轉世，從配角搶盡光彩，那才叫做演技。

胡歌這傢伙挺行的。很久以前，第一次玩 RPG 遊戲上癮，就是為了《仙劍奇俠傳》，當時打得沒天沒夜，只為了急著破關搞清楚，主角「李逍遙」到底會選擇情緣天定的「趙靈兒」，還是不離不棄的「林月如」？《仙劍奇俠傳》開拍電視劇時，我在第一時間下載，狂拚三天三夜，主演李逍遙的胡歌，就這樣變成我的偶像。

事隔多年，《仙劍奇俠傳3》開拍時，雖然女主角都換人了，胡歌還是有勇有謀有情有義，繼續當他永遠的仙劍奇俠。迷上胡歌以後，幾乎他每一部戲裡的角色，我都認真專研，不輸我老爸做學問的狠勁。當他在《劍蝶》裡出演本性善良卻不得不為愛執著、扭曲的轉世馬文才，我才發現，馬文才根本不是電影裡的搞笑丑角，他是活生生的一個人哪！

我開始追蹤資料，深入研究，確定馬文才在東晉那個講究門第階級、畫分九品中正的年代，確實是個人才。能文善武，絕對不是個膿包，還有歷史小說家為他平反，根據這些史料綜合整理，加上合理判斷，寫出他參與桓溫叛反的英雄志業呢！

老媽總是不信，都說：「馬文才沒用啦！哪有吳尊這麼善良、這麼溫柔、這麼英雄、這麼……」這又說到哪裡去啦？我們說的到底是梁山伯還是吳尊啊？這就是「老媽」這種職業最奇怪的地方，她們想嚴肅就嚴肅、想搞笑就搞笑、想硬就硬、想軟就軟、想「如」就「如」。

「如」這個字，你知道吧？反正很「番」就是了！上次回外婆家重看「梁祝」，我好心跟她們解說，根據有些歷史學者研究，祝英台是個俠女，在東晉那個混亂年代，前後三次闖進馬太守家盜銀，劫富濟貧，最後落入馬太守的兒子馬文才的陷阱，死於亂刀之下。百姓感念她的恩惠，在她墳前立碑紀事，因為年代久遠，紀碑下沉，直到千年之後，明代的浙江寧波府鄞縣縣官梁山伯死後入葬，才挖出祝英台的墓碑。我才說到這裡，老媽已經生氣了，外婆還哭了起來，一邊罵我：「沒良心噢！還讓祝英台隔了

一千年才等到梁山伯！」

這……我又招誰惹誰啦？怎麼都沒人覺得，我做學問，還挺認真的呢？我一生氣，決心發憤圖強。國文課指定交報告時，不但不顧外婆「沒良心」的指控，還乾脆把梁祝傳說，以及民間深信不疑的七世夫妻浪漫幻想，全面推翻，斬釘截鐵地做了結論：「後世民眾既感佩祝英台的巾幗本色，又惋惜廉潔清正的梁山伯喪妻無子，不忍心拆除祝英台的碑墓，也不願意為梁山伯擇地遷葬，所以勒碑將他們合葬，黑為梁，紅為祝，梁山伯與祝英台的動人傳說，就從這裡演繹出來，其實確無其事。」

這份報告被國文老師批了個大大的「優」字，張貼在中廊讓大家參考。評語還端整地寫著：「立論大膽，考據認真。」

這下子，外婆罵什麼都沒關係啦！我真高興。哈哈，到底幸福是什麼呢？我並不確定，但是，我很幸運，確實很幸運。

數字遊戲

我的數學為什麼這麼差？說真的，我也搞不清楚真正的原因。

因為，我對數字很敏感。比如說，只要是我翻讀過的英雄、神仙、妖怪、祕笈和法寶，哪怕它多如牛毛，只要跟數字有關的，根本不易費心，我都記得牢牢的，像黃石公的《三略》、太公望的《六韜》，什麼三公、八卦、三監之亂、五斗米教、陰陽五行、七福神、建安七子、三皇武帝、三山五嶽、三教九流、九流十家……樣樣難不倒我。

我最大的快樂，就是和電玩小子在短短的下課十分鐘玩「數字遊戲」。

我喜歡數字，他喜歡電玩。尤其在根據日本戰國爭雄史實改編的《戰國封神傳》，和充分表現天界與冥界兩大神域的《超世紀封神榜》推出後，我發現一個祕密，無論是日本的《戰國封神傳》或古希臘的《超世紀封神榜》，裡頭藏著的數字密碼，都不如我們華人的《封神演義》豐富而熱鬧，於是，我們藉由數字遊戲，建立起前所未有的「遠大志氣」。

來說說我們的志氣吧！大家都聽說過，比爾・蓋茲在中學時認識死黨保羅・艾倫，十三歲開始設計應用軟體，哈佛大學還沒畢業前，兩人聯手開發Basic，成為微軟公司早期成功的關鍵。我剛好也和蓋茲一樣，十三歲，有個電玩死黨，專研《封神演義》，懷抱著「趣味救世界」的理想，決議和電玩小子在我們大學畢業以前，開發完成《數字封神》超級電玩，在有趣又有意思的聲光破關中，讓孩子們一方面學數學，一方面又能加強古典文學的基礎。

請注意，是完全根據原典改編，絕不搞笑、搗蛋的古典文學唷！所以，我們訂出嚴謹的遊戲規則。一下課，就從《封神演義》中挑出一個數字，盡可能深入描繪其中可能藏著的變化。就拿昊天上帝和瑤池金母的女兒，仙界第一美人龍吉公主的配劍「二龍劍」來說好了，我們得加油添醋，想像劍身多長，劍尖會發出什麼顏色，在月合老人撮合仙界公主下嫁凡人洪錦卻又不幸被接到封神臺成為「紅鸞星」之後，這把「二龍劍」，會如何在人間姻緣裡，發揮出效果來？

不喜歡風花雪月？那就來談談大反派截教通天教主的「四寶劍」。四寶就是誅仙劍、戮仙劍、陷仙劍、絕仙劍，一看就知道，非把仙界這些「以天下興亡為己任」的清風道骨們，誅戮陷絕。既然這些仙人這麼厲害，這四把劍，自然不是人力所能打造，否則怎能對付仙人呢？必須集大自然精氣，形成天上天下至尊重寶，一抽出劍，就能產生狂風、轟雷、閃電……無人能鎮，厲害吧？

班上很多同學都知道我們的遊戲規則，難免有幾個同學會替電玩小子叫屈，覺得遊戲規則只限定《封神演義》，明顯是在保障我的「優惠條款」。哎呀！燕雀安居鴻鵠之志，這句話有聽過吧？燕雀就是不知道，鴻鵠之所以設計這個遊戲規則，根本就是激勵電玩小子「苦其心智，勞其筋骨」，直到「天將降大任於斯人也」時，我們就創業啦！

說到底，我不得不承認，這個電玩小子，真有點小聰明。不過玩個升級改版的「仙劍奇俠」，也有辦法從男主角身上牽拖到梁山伯與祝英台，寫了分報告〈梁

祝八卦考〉，還被一向面無表情的國文老師，貼到學校的藝文中廊，端整地寫著少見的好聽話：「立論大膽，考據認真」。

可憐哪！我們的鴻鵠之志，也就敗在這「立論大膽，考據認真」四個字。長期包辦國語文競賽第一名的「蓉公主」，居然也寫了篇〈電玩八卦考〉，旁若無人地貼到藝文中廊，緊貼著〈梁祝八卦考〉。「電玩」這兩個關鍵字，忽然，就這樣電到電玩小子，我們的遊戲規則，開始遭到惡意而幽暗的破壞。從此以後，電玩小子和蓉公主放學後必定相約在圖書館讀書，自動放棄在大人下班以前自由自在打電玩的「幸福模式」，切換進入緊張讀書的「備戰模式」，還帶著笑臉，一副「我不入地獄誰入地獄」的陶醉像，讓人不得不承認，愛情真偉大啊！

而後再也沒有任我獨贏的數字大戰了，我才說「三仙島的三仙姑」，電玩小子就深入解說「天界三皇」、「九龍島四聖」、「梅山七怪」；我才加碼說了「二郎真君」和「哪吒三太子」，他就從「九尾狐」一直講到梅樹精、桃樹精和柳樹精假託「千里眼」靈氣作怪的神祕傳奇。

深吸一口氣，我不管遊戲規則啦！一連串追加「三尖刀」、「四海瓶」、「五光石」、「五火神焰扇」、「六魂旛」、「七箭書」、「八卦紫綬衣」、「九龍神火罩」、「十絕陣」，電玩小子還是笑吟吟接下「三寶玉如意」、「四象塔」、「五龍輪」、「六根清淨竹」、「七寶妙樹」、「三十三天黃金寶塔」、「百靈旗」、「萬里起雲煙」、「萬鴉壺」、「萬刃車」……

夠啦！就在電玩小子不斷瞟著眼尾，覷眼偷看筆記本時，終於，被我發現祕密了，我抓出一張薄薄小抄，娟秀的字跡，沿著數字順序，詳實而生動地記錄著整本《封神演義》出現的數字故事，還一本正經地訂定篇名〈數字封神八卦考〉，就像偶像劇定情物一樣，這小子不只是「見色忘友」地自顧自去談戀愛，還用「作弊」這種小動作來唬弄我，我氣到說不出話來。

和電玩小子感情破裂後，才過了一個禮拜，好像走到世界末日。我不知道該怎麼辦？遊戲規則只有數字，沒有轉彎。沒想到，電玩小子還是笑嘻嘻地走過來，遞給我一本筆記本，有點不好意思地搔搔頭說：「嘿嘿！她要我拿給你的。她說，我們要照著你的遊戲規則，繼續快樂地玩下去，你的封神法寶只從二龍劍、三尖刀、四海瓶一路接下去，少了這本最起初的一。」

低下頭，我看見「蓉公主」送給我的禮物《一心一意書》。

打開扉頁，只看到她娟秀的字：「這是數學原理的通則整理。你這麼喜歡數字，只要一心一意，數學成績，一定會有驚人的突破。」

我的數學會很差嗎？我，不，相，信。

陽光醒來

熄燈前，我躲在洗手間裡，聽著圖書管理員踢踢踏踏的鞋跟聲，越來越靠近，越來，越近，近到可以聽到踩在地磚上，卡、卡，卡，印著倒數計時的節奏，忽然，四周沉入黑暗。

燈熄了。我抓著門把，不敢輕易動一下，在一時還不太能適應的黑暗中，只聽到阿傑輕輕的呼吸聲從隔壁洗手間傳了過來。

然後，遠遠地，隱約傳來嘩啦嘩啦鐵門拉下來的聲音，偶爾摻雜著稍稍停頓而又猛力轉動的金屬喘氣，直到最後一聲巨響，圖書館關門啦！四地歸於沉靜。

很快，我聽到阿傑猛爆出歡呼般的笑聲，隔壁洗手間門一推開，他一開燈，我跟著衝出來，正好看到阿傑對我眨了下眼睛：「怎麼樣？沒騙你吧！很容易成功的。」

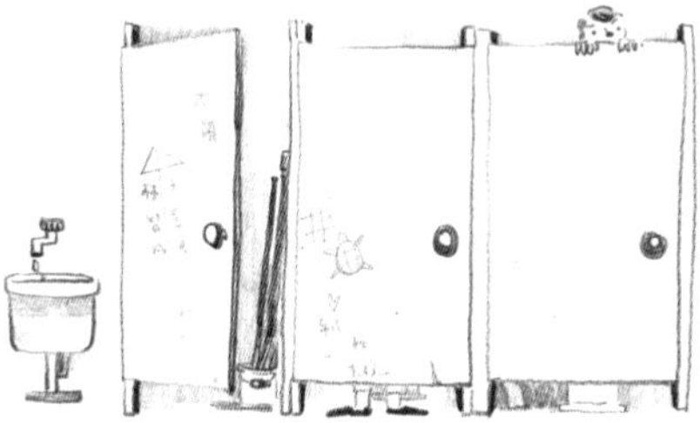

我還是覺得，好像做夢一樣。我們正站在空蕩蕩的圖書館裡，正式啟動原來我一直不太敢相信可能成真的「大考倒數三十天計畫」。

和阿傑從幼稚園同班到現在，他爸爸過世得早，媽媽又是我老媽死黨，常常你家、我家穿來走去，我們不是穿同一條褲子長大，而是他穿我的、我穿他的，隨便亂穿，根本分不出是誰的褲子地糊里糊塗長大。老媽常告訴我，要好好照顧阿傑，這個沒有爸爸的孩子，是他們家唯一的命根子，我們家有好吃的，一定阿傑先吃，至於那些打球、騎車、直排輪一類被媽媽們視為「危險」的事，一向被耳提面命，千萬，千萬不要嘗試。

不能打球？不能騎車？不能溜直排輪？哈哈，沒有男生這樣長大的啦！阿傑就這麼澈底成為「叛逆分子」，逃家，吸菸，交女朋友……最後在阿傑媽媽一把鼻涕、一把眼淚中，國三這年被拎到私立學校，特別安排和我同班，大人們都以為我這麼乖，會給阿傑一點「好的影響」。

我不是乖，是無所謂，反正，我又不喜歡運動和冒險。我喜歡埋在電玩裡，無數次，找出遊戲公司電玩試用版的漏洞，就會收到一封感謝函，老媽心情好的時候，會和我一起討論這些漏洞，到底問題出在哪裡？還會開玩笑地說：「搞不好我們家會出一個電玩冠軍小子。」

大部分的時候，我的運氣都沒這麼好，尤其是一接到成績單，老媽就抓狂：「虧你這麼聰明，不努力有什麼用？」

我聰明嗎？是不是所有的爸爸、媽媽，都不相信，其實他們的孩子都沒有自己想像中那麼聰明。

這個學期，我真的很拚了，連和「蓉公主」聯手對付封神迷的樂趣，都自動放棄了，三次模擬考的PR值還是在93、95、94之間擺盪，不是特別差，就是不行，怎麼努力都不夠好。最近實在快瘋掉了，封神迷憑著「蓉公主」一本《一心一意書》通則整理就打通了數學考卷的任督二脈，我卻越考越不好，每次考完試，心情都很糟糕，知道自己不笨，也不是不認真，為什麼總是考不好？只覺得很煩，真的很煩……

有人說，這就叫做「升學壓力」，坐我隔壁的阿歡，怎麼就沒有壓力？人家名字取得好，真的歡快天下，從參加模擬考以來，PR值都99，沒怎麼看他補習，下了課就打球、閒逛。更氣人的是，全校鋼琴賽那天，幾乎沒有國三學生參加，除了阿歡，誰也沒想到，他居然還有實力在老師評選的「演奏獎」和學生票選的「人緣獎」中雙贏。

都是第一名耶！我看著從小在心情不好時就彈個幾小時的鋼琴，忽然，恨不得摔了它。無論是那些有的沒的老師，還有我老媽、阿傑媽媽，大人們最常掛在嘴邊的就是，眼睛不要老是看著別人，和別人比沒有意義，和自己比最重要！這不是強人所難嗎？阿歡就坐在我隔壁耶！有可能不去看嗎？大人們到底在想什麼？如果要票選「開明媽咪」，我老媽應該擠得進前三名了吧？我挺喜歡她的，可是，真不知道該和她從何聊起？

越靠近考期，越害怕看到老媽認真做「好媽媽」的樣子，生機飲食便當，黃昏時到學校送剛削好的水果，一打聽到名牌補習班就急急忙忙去排隊報名。

上次段考，我竟然考了班排四十，校排擠不進兩百，藏著成績單，不是怕被老媽罵，我怕她傷心。我真的認真在讀書，不知道到底哪裡有問題？為什麼考完都覺得很簡單，可是成績又不理想？阿歡常說，讀書要做總體檢查，總體檢查到底指的是什麼？一科又一科全面大掃視嗎？模擬考的國文等於沒有範圍，只能做做以前的大考考古題；學校發的數學講義那麼多，算都算不完了，還能怎樣？考試時常寫不完，沒時間檢查，考不好是因為學校講義出問題嗎？需要去外面買別的講義嗎？一向拿手的英文好像到了國三，開始一落千丈；自然科啊！無論是理化生物，看到書都爛掉了，還會錯，真不懂為什麼？至於社會科呢？稍有一點難度準定完蛋，我還認真抄過地圖，考前也覺得自己都記起來了，考試就忘得一乾二淨。

看到身邊所有朋友都在進步，只有自己原地踏步，那種感覺真的很糟，覺得自己沒希望了，不斷、不斷往下沉。直到阿傑媽媽車禍那天，我們一起趕到醫院。阿傑媽媽重度昏迷，醫生預估必須在兩個月內甦醒，預後情況才能看好，最好有一些值得振奮的事，刺激她的神經。老媽拚命掉著眼淚，為她最好的死黨安排好看護，恨恨看著阿傑說：「看，你高興了吧？以後啊！你想逃到哪裡就去哪裡，沒人管得到你了。」

阿傑沒回應。過了幾天，阿傑策畫了這個「大考倒數三十天計畫」。我們帶著換洗衣物，躲進圖書館，決心在這最關鍵的倒數三十天，專心「住」在圖書館裡，不顧一切，用功讀書。

阿傑打開手電筒，挑了靠近圖書館正中央的位置。只有這樣，在打開桌燈夜讀時，才不會從窗面洩漏出燈光。他打開書，沉靜的臉顏有一種專注的力量，讓我跟著安定下來。我跟在他身邊坐下。圖書館裡的空氣陳舊中帶著點「與世隔絕」的神祕感，好像，厲害的阿歡、打開就茫茫然的考卷、一直沒有起色的PR值……那些說不出來的恐慌和緊張都消失了，靜靜夜讀，成為唯一的美好。

圖書館像沉靜的結界，我們讀書，什麼都不去多想。或遲或早，陽光會透出金亮；三十天後，大考迎面而來；總有一天，阿傑媽媽就要醒來……

沙堡

很熱很熱的放假日，你都去哪裡呢？

不怕你笑我娘娘腔，也不知道是不是我看過的故事和電影都太「老」了，我總是不切實際地幻想著，說不定有一天，和我所有的親戚、朋友們，幼稚園的、小學的、中學的，在這裡、那裡認識的每一個熟或不熟的人，一起擠到沙灘上，挖深深的地基，晒著很痛很痛的太陽，淌一地的汗，再運用這些汗水澆上沙，堆出我們的渴望，這裡多一段城牆，那裡加一個長廊，這個房間，那個房間，大家同心協力，堆出一座精細而龐雜，算得上是世界超級大的沙堡。

這座沙堡要很大很大很大很大，大到超級大，這樣，才可以和所有和我並肩生活過的每一個人，你擠我、我擠你，大家不為什麼的擠來擠去，擠出更多的汗水、更多沒有頭腦的笑聲，看一整座沙堡碎裂在我們踩過來、踩過去的腳印裡，迎接我所能想像得到的「世界上最快樂的高潮」！

很棒吧？是嗎？我不知道。

我從來沒有對誰說過，只有匿名在「做完夢就睡睡覺」的社群世界裡，吐一吐我的胡思亂想。大部分的時候，很熱很熱的放假日，我們都在補習班吃東西、吹冷氣。我哥常笑：「什麼補習？還不都在哈啦、打混！」

我偷笑了一下，我哥是老人了，他不了解我們。「哈啦」、「打混」，既費力氣，又耗腦力，我們太累了，大半的時間最好可以睡覺，要不然就滑滑手機。有時候，我真的有一點點羨慕我哥，他們那個時代，雖然老得比較快，但還真的走過一段「黃金歲月」。

我哥考上「數理資優班」後，資不資優我不知道，但是，活得很痛快，根本就是「熱血數理班」！為了實驗「重力加速度」，大夥兒收集了大大小小不同的美工刀、瑞士刀，甚至我老媽超心愛的金門菜刀，先抽籤，決定由哪些個倒楣鬼，負責在樓上當「投手」，把這些重量不同的刀子，分別從二樓、三樓、四樓、五樓丟下，剩下的勇士們氣力十足，爭相擠在一樓廣場上搶當「烈士捕手」，透過「接球」的準度和力度，測定「重力加速度」的各種不確定影響。

當「刀球」漏接，卻又這麼剛好「暴投」時，活生生上演一段「熱血激情片」。在我哥興高采烈的添油加醋中，那些手臂上鮮血淋漓的特寫鏡頭，成為「青春易開罐」。讀書很累的時候、生活很悶的時候、情緒很困的時候，這些畫面、這些我其實從來沒有參與過的瘋狂笑聲，就像氣爆，「ㄅ」一聲，說不出來的飽漲活氧，瞬間噴灑在腦海裡，漱洗，迴旋，一整個「忘了我是誰」！

很多人說，他們都是瘋子，甚至，同一個「數理資優班」中的成員，也有人受不了，急著找班導師想辦法轉班。這時，我居然會升起一種淡淡的悲哀。無數次我幻想著將來也考上「數理資優班」的樣子，心裡很清楚，我趕不上那個「老人家」的時代了，無論是被蘋果砸中的地心引力、放風箏發現的電，或者是滿天雁群勾勒出來的磁力線，甚至是我老哥他們窮極無聊的「重力金刀雜耍團」，都會被班上這些超強的數理怪才「集體淘汰」。

他們會用3D模擬程式，把所有的假設和實證，輕輕鬆鬆表現出來。尤其，當我們班阿強老大從「美夢成真」3D列印科學營帶回他精密計算後層疊列印出來的項鍊綴飾後，澈底成為我們班的「造夢人」。你猜得到這個精緻的項鍊綴飾是什麼嗎？天哪！一把擬真微縮、繁複到不可能再更真的

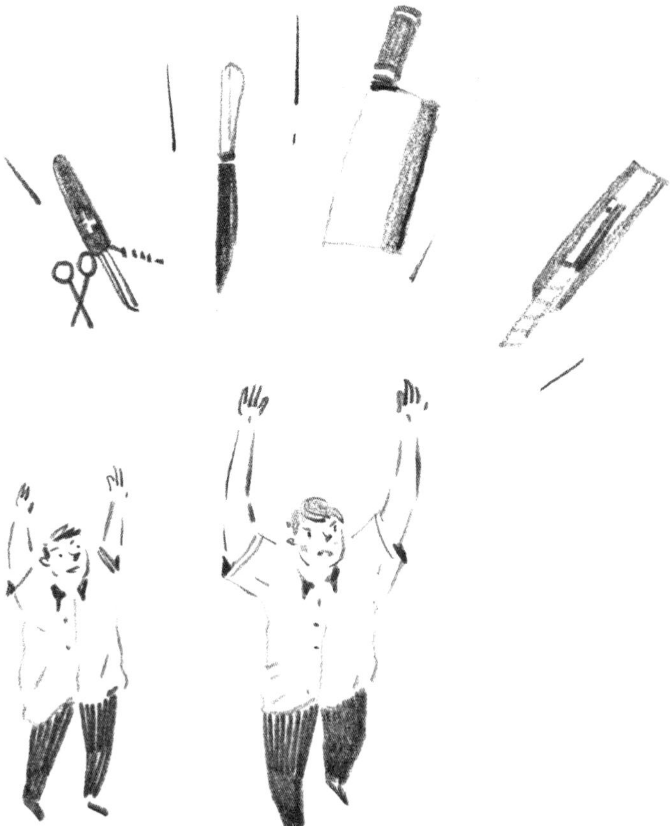

銀質手槍，喜歡綴飾的女生發出驚嘆聲，喜歡手槍的男生都看傻了，這下子，他澈澈底底「統治」了我們班。

「我們班，要一起考上第一志願！」他說這些話的約束力，比督促我們晚自習，一遍又一遍替我們買考卷、做習題的班導師，還更有一千萬倍神威。只有我懶得理他。阿強老大不開心，我聳聳肩，不開心，又怎樣？這個世界，誰應該是老大？誰又管得著誰呢？有機會，大家一起堆堆沙堡，傻笑、踩扁、再重新開始，無所是事地一起吐吐槽、發發傻、做做夢，這樣不是很棒嗎？

星期天，懶洋洋的午覺像遙遠的海浪，捲著我全身的力氣，滾滾撤向摸都摸不到的海洋另一端。起身後，洗把臉，為了振作精神，打開「做完夢就睡睡覺」，決定寫一篇〈睡完覺就做做夢〉，沒想到，收到阿強寄來的郵件，不知道他是怎麼發現我的暱稱的？他蒐集、複製了我成長途中所有的照片，好多人，朋友，敵人，所有熟或不熟的人，一起擠在沙灘上，透過3D模擬，挖地基，堆沙堡，你擠我、我擠你，踩著一整座沙堡，碎裂成一千萬顆又一千萬顆砂礫。

陽光熾烈，我看得全身發涼。就好像我真的和朋友一起蓋了一座沙堡……最後，什麼都來不及，海浪帶走了它。

詩的驚嘆

學期快要結束了，日子好像只剩下試題討論、作業檢視，不斷複習、抽考、分數統計與檢視批評，每一張孩子的臉都不會笑了，日以繼夜以繼日的生活節奏，都變得冰冷而生硬。

孩子們可以大剌剌地揮霍著青春期的叛逆特權，不時失控。我們這些升學班的導師，卻必須捆綁在「升學率」的緊箍咒裡，日日繃緊神經，像沉入無邊無涯的晦暗海洋，四面八方的重量向我迫近、迫近、迫近……幾乎不能呼吸。

我需要一點點新鮮空氣。

終於，模擬考剛結束的星期天，改完考卷，想要讓自己輕鬆一下。拔掉電話線，關進書房，整理堆滿灰塵的抽屜，讓自己難得地脫出現實，隨著每一件抽屜裡的卡片、信紙、筆記，游進時光走廊，重新縮回到小小的、曾經也這麼青春叛逆過的往昔。翻到國中畢業紀念冊，當年師大剛畢業的班導師，用一種再也不能複製的「最初的熱情」，為我在文字裡雕刻出殷勤期盼：「金色年華總是夢，少女情懷皆是詩。」

「金色年華總是夢，少女情懷皆是詩。」重新再讀一遍，停下翻找，游走的情緒跟著停格。

金色年華總是夢？真的嗎？不斷重複的教書、考試，教書、考試，我都忘記了，那曾經金黃燦亮的日子裡，夢想過什麼呢？少女情懷皆是詩？我的詩哩？那些在平凡日子裡發現驚奇的詩想，像詩一樣的違逆常理常情，所有高密度壓縮的感動和驚嘆，這些年，在日漸規則的每一天，究竟，都躲到哪裡去了呢？

會不會，不到三十歲的我，居然老化到沒有金色年華、沒有少女情懷、沒有夢、也沒有詩了？想到這裡，手臂上細細的汗毛居然慌慌然站了起來，嚇了一跳，我在國文課裡，為孩子們整理過無數次「成語寶典」，直到此時此刻，我才深刻感受到，什麼叫「毛骨悚然」、「悚然心驚」。

這怎麼行呢？不，絕不！我大叫一聲，屋子裡沒有別人，只嚇到我自己。我靜下來，開始認真想，真的，我不能再像個「教學機器人」，每學期重複著一樣的教學、一樣的考卷、一樣的耳提面命。即使沒有金色年華、沒有少女情懷了，我相信自己，只要做一點不一樣的努力，還可以帶領著我心愛的孩子們，擁有詩、擁有夢。

這些孩子，在無憂無愁的小學時候，浸在畫畫、捏土、唱歌、跳舞、鋼琴、小提琴、棒球、籃球、直排輪……的華燦喧笑裡，居然在國中時被我們一點一滴，剝奪了他們的光亮和笑容？

趁著歲末，孩子們剛拚完模擬考，在即將進入國三下學期的最後衝刺之前，還可以掙得一、兩天優閒時光，我決心鬆開「升學率」這個超恐怖的緊箍咒，讓孩子們用生活、用記憶，復古還原「爸爸媽媽的記憶」，疊印著原生家庭，在想像出屬於他們自己的詩。我們運用兩堂連續國文課的作文時間，剛好是陽光靜美的冬日午後，限定主題得扣在〈寫進生活裡的詩〉，讓孩子自由展現。

短短兩天的準備期，孩子們揮灑出千百種顏色。喜歡畫畫的孩子，分享他從小到大在不同海邊撿拾回來的石頭畫，有一顆圓潤如玉的石面，鐫刻著

從網路找來的神祕莫測的詩，杜十三〈石頭因為悲傷而成為玉〉，因為流光湮遠，字跡慢慢褪色，如玉的想像卻益形鮮明，一字一句滾著沸騰的聲音：

文字涅盤之後送去火葬場
留下的舍利子是詩
石頭拒絕說話被斧鑽逼迫吐出真言
剖開的滿懷心事是玉
文字是因為歡喜而成為詩
石頭是因為悲泣而成為玉。

有一個頑皮的孩子，穿了件普普風 T-shirt，複印了張純真如春水的瑪麗蓮夢露臉龐，還戴著能劇式面具，悠然吟唱著她母親最愛的翔羚〈歲暮〉：

來信問我
冰雪的心情

我搖搖頭
把寂寞和淚水
都還給了你
至於早春
繽紛的花事如夢
我日日在江邊梳頭
春水把我的容顏
也複印給了你。

有一組來自花蓮的孩子，表演「葉笛」。清亮的聲音，幽咽起伏，還有柔軟的清音應和著節拍朗誦出陳秀喜的〈榕樹啊，我只想念你〉：

榕樹啊！你的葉子是我最初的樂器
你是我童年避雨的大傘
你是晒穀場的涼亭

你是老人茶，講故事的好地方
你是小土地公廟的保鏢
你是我家的門神
我在異鄉，椰子樹的懷抱裡
還是只想念你。

朗誦結束時，我撿起已經被被孩子吹扁了的縐褶樂器，一攤開，真的是一片闊大的榕樹葉子。走進孩子們的座位，和大家分享我掌心裡的這片葉子，深綠的顏色，彷如還藏著如詩般抑揚起伏著的千言萬語。還有一些樹葉畫、手影戲，直笛、橫笛、小號、手風琴、大提琴……這些繁複樂器的現場展演，不需要任何一首詩的襯托，就精緻得宛如一首詩。

讓人印象深刻的現場演唱，愛唱歌的孩子，自備小型音箱、麥克風；沉迷薩克斯風的孩子，以《哆啦A夢》為主旋律，慢板、快板、變奏，扭曲著時光線，在穿梭、飛翔、迷醉的音符裡，有一種無言的詩，以不能局限的節奏蓬鬆開展。固定的秩序，在沒有圍欄的詩裡慢慢拆卸，大家浮起微笑，這時，隔壁班如常在檢討考卷的教室，突然傳來老師的尖聲斥罵：「考成這樣，敗類！」

一時，薩克斯風停住，教室靜了下來。隔壁班也靜悄悄的，彷如時光凍結。很久，我們一起聽到，隔壁班響起變聲後沙啞的男聲：「賤人！」

班上的孩子們被這些冷酷的對立嚇壞了，我還來不及說話，隔壁班老師已經響起氣急敗壞的長串厲聲：「我記你的過，給我記住，一支大過跑不掉。這個社會要滅亡了，這個社會要滅亡了！就是有你這種學生，社會才會滅亡。」

「有你這種老師，社會當然會滅亡。」另一個堅定而清澈的男孩子的聲音打斷老師，而後，像點燃了引信，ㄎㄧ哩卡啦，ㄎㄧ哩卡啦！一陣桌椅聲亂響，這裡、那裡，幾乎是整班翻騰的聲音，從隔壁教室傳來整齊而悠長的斥喝：「賤人！」

老師吶吶喊著：「有你們這種學生，社會要滅亡了！」

「有你這種老師，社會要滅亡了！」同學們瘋狂而激越地吐出，抑揚浮沉的聲音如汽水泡沫，不能控制地賁張出無可攔阻的聲勢，社會要滅亡了！社會要滅亡了！……

就這樣，短促如詩的驚嘆，淹沒了這個陽光午後，淹沒所有，關於詩的驚嘆。

國家圖書館出版品預行編目資料

逆天的騷動／黃秋芳著.--初版．--臺北市：
幼獅，2017.11
面；　公分. --（小說館；23）

ISBN 978-986-449-095-0（平裝）

857.63　　　　106018329

・小說館023・

逆天的騷動

作　　者＝黃秋芳
繪　　者＝詹廸薾
出 版 者＝幼獅文化事業股份有限公司
發 行 人＝李鍾桂
總 經 理＝王華金
總 編 輯＝林碧琪
總 公 司＝(10045)臺北市重慶南路1段66-1號3樓
電　　話＝(02)2311-2832
傳　　真＝(02)2311-5368
郵政劃撥＝00033368

印　　刷＝崇寶彩藝印刷股份有限公司
定　　價＝250元
港　　幣＝83元
初　　版＝2017.11
三　　刷＝2020.07
書　　號＝987247

幼獅樂讀網
http://www.youth.com.tw
e-mail:customer@youth.com.tw
幼獅購物網
http://shopping.youth.com.tw

行政院新聞局核准登記證局版臺業字第0143號